Александр Шаров

Мальчик Одуванчик
и три ключика

Сказочные повести

Художник
Ирина Егорова

Москва
«Махаон»
2015

УДК 821.161.1-312.9-93
ББК 84 (2Рос=Рус)6
Ш25

Шаров А. И.
Ш25 Мальчик Одуванчик и три ключика : сказочные повести / Александр Шаров ; худож. И. Егорова. – М. : Махаон, Азбука-Аттикус, 2015. – 112 с. : ил. – (Сказочные повести).

ISBN 978-5-389-06207-8

Серьёзные, умные и тонкие произведения Александра Шарова, дополненные изумительными иллюстрациями Ирины Егоровой, позволяют поговорить с детьми на очень важные темы: о преданности, о зависти, об ответственности, об эгоизме, о гармонии, о выборе пути, о судьбе и о смысле жизни.

УДК 821.161.1-312.9-93
ББК 84(2Рос=Рус)6

ISBN 978-5-389-06207-8

История Цветочного Острова

Как он был прекрасен, Цветочный Остров на Синем море! Он весь зарос клевером, белым и красным, так что с палубы корабля казалось, что среди моря расстелен вышитый шёлком ковёр.

От клевера пахло мёдом, и казалось, что среди моря лежит огромный медовый пряник.

Тысячи шмелей гудели низкими красивыми голосами, вытягивая своими длинными хоботками нектар из цветов клевера, и казалось, что над островом гудит праздничный колокол.

А жили на этом чудесном острове клеверный гном Крэгг и семейство Мяу: Мяу Кот, Мяу Кошка и котёнок Мяу Крошка.

Каждый вечер они ходили друг к другу в гости. Один вечер – семейство Мяу к клеверному гному Крэггу, а назавтра – гном Крэгг к семейству Мяу.

Крэгг угощал гостей клеверным мёдом, самым вкусным на свете, и рассказывал им клеверные сказки. Клевер бывает белым, как облако, и алым, как солнце; и сказки были задумчивые и нежные, как облако, и весёлые, как солнце.

А семейство Мяу угощало Крэгга молоком и мяукало ему кошачьи песни – задумчивые и весёлые.

Гном Крэгг работал днём: он обходил дозором остров, выпалывая сорную траву... А семейство Мяу работало ночью: оно обходило дозором остров, не давая бесчинствовать мышам.

Утомившись, гном Крэгг ложился на цветочный ковёр, дышал медовым воздухом, слушал шмелей и думал: «На каком же прекрасном, лучшем в мире острове я живу!»

Но всего этого не стало, оттого что Крэгг в тот несчастный вечер оказался грубым, упрямым и злым.

В тот вечер, когда так чудесно пахло клеверным мёдом и ничего не предвещало несчастья, Крэгг, как всегда, пришёл в гости к семейству Мяу. Перед ужином Мяу Кот и Мяу Кошка и котёнок Мяу Крошка, как всегда, сели в кружок перед весело горящей печуркой.

Мяу Кот, как всегда, взмахнул дирижёрской палочкой.

И семейство Мяу, как всегда, очень приятно замяукало.

Но гном Крэгг, чего прежде никогда не случалось, вскочил, топнул ножкой и закричал грубым, злым голосом:

– Прекратите своё дурацкое мяуканье, оно мне надоело!

– Пожалуйста, не кричите, – сказала Мяу Кошка, – это невежливо и это вредно ребёнку!

А Мяу Кот спросил:

– Вы сказали «дурацкое мяуканье» или мне только так послышалось?

– Я сказал именно то, что думал, – «дурацкое мяуканье»!

– Наверно, у вас болит голова? Или живот? Когда у меня болит голова или живот, я тоже говорю иногда совсем не то, что нужно, – сказала Мяу Кошка.

– Ничего у меня не болит! – закричал гном Крэгг и выскочил из кошачьего домика, сильно хлопнув дверью.

На самом деле у него действительно болела голова и болел живот. Но, к несчастью... Да, к несчастью, он не захотел в этом признаться.

Гном Крэгг не попросил прощенья ни завтра, ни послезавтра.

А когда у него перестал болеть живот и прошла головная боль и когда он наконец пересилил своё упрямство и собрался в гости к семейству Мяу, двери и окна дома были заколочены, а на дверях висела записка:

«Мы уезжаем, потому что
котятам очень вредно, когда
при них кричат, и потому что
никому не хотим надоедать
"дурацким мяуканьем".

Мяу Кот,
Мяу Кошка,
Мяу Крошка».

– Ну и пусть! – громко сказал гном Крэгг, хотя на душе у него было невесело. – Обойдусь без несносного семейства Мяу с его дурацкими кошачьими концертами. Буду один жить на этом прекрасном острове, слушать прекрасное пенис шмелей, и самому себе рассказывать прекрасные клеверные сказки, и самого себя угощать самым вкусным на свете клеверным мёдом!

Прошло неизвестно сколько лет и месяцев и ещё много дней.

Как-то раз, наработавшись, Крэгг лёг на траву среди цветущего клевера, чтобы послушать шмелиное пение. Но странное дело: остров больше не гудел, как праздничный колокол.

Было тихо.

И туча закрыла солнце, и стало холодно.

Было ужасно неуютно лежать в этой холодной тишине.

Гном Крэгг поднялся и взглянул на тучу.

Это была совсем необычная туча. Все шмели, какие только жили на Цветочном Острове, летели в открытое море.

– Куда вы?! – крикнул им вслед гном Крэгг.

– Мы улетаем навсегда, – прогудели шмели. – Мы больше не можем жить на Цветочном Острове. С тех пор как не стало семейства Мяу, мыши разоряют наши гнёзда.

– Ну и летите! – сердито сказал гном Крэгг. – Обойдусь без глупых шмелей с их унылым гудением, как отлично обхожусь без несносного семейства Мяу. Тишина полезна для здоровья! И теперь мне одному достанется весь самый вкусный на свете клеверный мёд! И... и сто лет назад меня ведь укусил этот проклятый, ужасно невоспитанный шмель, на которого я наступил. Теперь уж никто и никогда меня не укусит!

Так он сказал, очень упрямый и злопамятный гном Крэгг. Но на душе у него не стало веселее.

Прошло ещё неизвестно сколько месяцев и дней. Однажды гном Крэгг вышел в поле и увидел, что все цветы клевера, и совсем старые и молодые, стоят понурив голову.

– Что вы невесёлые? – спросил гном.

– Это потому, что мы умираем. Умирать очень грустно...

– Не умирайте! – попросил Крэгг, который на этот раз встревожился и испугался. – Не умирайте, ведь я так люблю лучший в мире клеверный мёд!

– Мы не можем жить без шмелей, которые переносят пыльцу с цветка на цветок, – тихо ответили цветы клевера.

И умерли...

...Недавно мы с сыном, который первый раз пошёл со мной в море, проплывали мимо Цветочного Острова.

– Ты говорил, что остров гудит, как праздничный колокол. Почему же я слышу только мышиный писк? – спросил сын.

– Раньше он гудел, как праздничный колокол, – сказал я.

– И ты говорил, что остров похож на ковёр, вышитый белым и красным шёлком. Почему же мне он кажется серой тряпкой среди Синего моря? – спросил сын.

– Раньше он был похож на прекрасный ковёр, – сказал я.

– Отчего же всё так переменилось? – спросил сын.

– Оттого, что в тот несчастный вечер гном Крэгг был грубым, упрямым и злопамятным, – сказал я.

– Только оттого, что в какой-то несчастный вечер какой-то гном оказался грубым, злым и упрямым? – недоверчиво улыбнулся сын.

Тогда я вспомнил и рассказал сыну всю эту историю.

И мы задумались о разных разностях, очень печальных, – бывают и такие.

А остров между тем скрылся из глаз.

Курица, Которая Несёт Золотые Яйца

Она торопливо семенит по пыльной дороге из Замка Одноглазого Карлика в лес – Курица, Которая Несёт Золотые Яйца. Она бежит в полной темноте. И немудрено, что она так торопится. Надо поспеть к дуплу старого дуба, где принимает Дятел – Птичий Доктор, к рассвету вернуться в замок и снести золотое яйцо.

Если она опоздает, Одноглазый Карлик рассердится, а в сердцах может зажарить и съесть её. Хотя это не так уж умно – съесть Курицу, Которая Несёт Золотые Яйца. Она задыхается от бега, но не позволяет себе передохнуть. Она так тяжело ступает, что над дорогой поднимается пыль, земля вздрагивает, а Божья Коровка, дремлющая на придорожном лопухе, скатывается с шершавого листа и ворчит спросонья:

ДЯТЕЛ

– И отдохнуть не дадут...

– Извините, – кудахчет Курица, вглядываясь в темноту подслеповатыми глазками. – Дело в том, что я очень тороплюсь к Птичьему Доктору.

– Если вы торопитесь к Птичьему Доктору, следовательно, вы птица, – не без рассудительности замечает Божья Коровка. – А если вы птица, почему бы вам не полететь к Доктору?

– Видите ли, – смущённо и застенчиво отвечает Курица, тяжело дыша от усталости, – я не умею летать...

– Тогда почему вы изволите именовать себя птицей? – насмешливо пищит Божья Коровка, изящно вспархивая на лист лопуха.

– В молодости я умела летать, – так же застенчиво отвечает Курица. – В молодости я летала с плетня к кусту бузины. И даже ещё дальше – через плетень в огород. Я летала, пока не... – «Пока не согласилась нести золотые яйца», – хочет она признаться, но вместо этого говорит совсем другое: – Пока не стала такой ужасно тяжёлой...

Божья Коровка не слышит её. Она уж снова спит, сдвинув блестящие красные надкрылья с чёрными крапинками. Что ещё ей делать ночью, когда даже не видно, какая она необыкновенно красивая!

Курица продолжает свой путь – в лес к Дятлу, Птичьему Доктору.

Там, перед дуплом, ожидая очереди, стоят больные: Соловей, Поползень, который занозил лапку, Воробей из города – воробьи очень любят лечиться – и в самом конце Ящерица, потерявшая хвост. У Дятла лечатся не только птицы. Ведь известно, что он не поленится слетать в африканские, или австралийские, или индийские леса, если там водятся целебные червяки, от которых быстрее растут хвосты. Ящерице – это совсем молодая ящерица – необходимо, чтобы хвост вырос прямо сейчас же, за один день, потому что вечером назначен первый в нынешнем году ящеричный бал. И в нынешнем году очень модны длинные острые хвостики салатного цвета.

Тяжело дыша, Курица бежит по тёмной пыльной дороге. Земля вздрагивает от каждого её шага.

Воробей прислушивается и досадливо чирикает:

– Опять эта, из Замка. Опять пролезет вне очереди.

– Да, да... – вежливо отвечает Ящерица. И, так как по молодости лет она занята только мыслями о себе самой, смущённо спрашивает: – Со стороны незаметно... что я...

– Даже слепой прочирикает, что вы, сударыня, если говорить прямо, без хвоста! Не знаю, как принято у ящериц, а бесхвостые воробьи сидят дома, чтобы не оскорблять общественной нравственности.

Ящерица обиженно всхлипывает.

– Следующий! – вызывает Дятел.

Когда Соловей появляется в приёмной, Дятел, густо покраснев, так что на мгновение весь становится красным, как его собственная манишка, запинаясь, говорит:

– Я – меломан и, разумеется, не пропускаю ни одного вашего концерта. Для меня огромная честь... Чем, однако, могу быть полезен?

– Я потерял дар божественной кантилены. Я не могу совладать с простейшей колоратурной партией. Я срываюсь на верхах и хриплю, когда пытаюсь взять нижнее *до*. Разрешите, я спою, и вы сами убедитесь в моём бедственном положении.

– Ломака! – громко чирикает Воробей. – Просто ему хочется лишний раз похвастаться своим хвалёным кваканьем. «Тщеславие! Вот чем вы больны!» – прямо сказал бы я на месте Доктора этой серой пернатой лягушке.

А Соловей начинает петь. Песня его звенит на самых высоких нотах. Кажется, что уже начался рассвет и из черноты ночи выступают вершины необыкновенных деревьев, снежные горы, сказочные башни. Он щёлкает, и кажется, будто со звоном раскрываются почки всех цветов на свете – от самых крошечных, как северная незабудка, и до таких огромных, как африканская Виктория Регия.

– Божественно! – растроганно бормочет Дятел, когда пение смолкает.

– Мне показалось, – шепчет Ящерица, – что я стала самой прекрасной ящерицей в лесу и что...

– Смею заметить, вам это только показалось! – перебивает грубиян Воробей.

– Нет, нет!.. Не разуверяйте меня, милый Доктор, – мелодично стонет Соловей. – Я потерял дар кантилены. Спасите меня, если это в ваших силах!

– Хм, хм... – говорит Дятел. – Попробуйте три дня принимать на рассвете половину Индийского червяка и запивать тремя каплями росы с берёзового листа.

Соловей выпархивает из дупла. И в этот самый момент появляется Курица, Которая Несёт Золотые Яйца.

– Пропустите без очереди! – кудахчет она, задыхаясь от волнения и усталости. – Если я опоздаю хоть на минуту, Одноглазый Карлик зажарит меня и съест...

– Мама учила быть великодушной, – говорит Ящерица, отползая в сторону.

– Да, разумеется, раз вам грозит смерть... – соглашается Поползень.

– Если пропускать вне очереди всех, кому грозит смерть, то прежде всего следует вспомнить жучков и личинок, которых вы, господин Поползень, слопаете, как только Дятел вытащит вам занозу из лапы, – сердито чирикает Воробей, однако тоже уступает Курице дорогу.

Курица неловко поднимается по ветке к входу в дупло и спрыгивает вниз.

– Всё-таки я пришла снова, Доктор, – слышится её задыхающееся, прерываемое рыданиями кудахтанье. – Может быть, всё-таки есть такое лекарство, чтобы всё стало как прежде. Раньше я была обыкновенной курицей и несла самые обыкновенные яйца с прозрачной скорлупой. И была счастлива, потому что из яиц выходили прекрасные, умные и храбрые цыплята.

Дятел рассеянно слушает кудахтанье нечастной Курицы и тем временем выстукивает её. Своим твёрдым клювом он может пробить кору дерева, но сейчас касается им груди пациентки осторожно и мягко.

– Яйца сжирал Одноглазый Карлик, – чирикает Воробей. – Моя загородная резиденция – у мусорного ящика Замка, и в своё время я видел там горы скорлупок. А из цыплят, которым позволяли появляться на свет, Карлику варили бульон.

Дятел выстукивает Курицу, иногда покачивая своей мудрой головой с хохолком. Вот он коснулся Курицы клювом и услышал как бы удар колокола – металлический звон наливающегося, почти созревшего золотого яйца.

– Необыкновенно умные и храбрые цыплята, – задыхаясь от горя и слёз, скороговоркой кудахчет Курица. – Один из них даже открыл около Замка Задний Двор. И этот Двор нанесён на все куриные географические карты. Вы можете проверить, господин Дятел. И я хочу только одного: чтобы у меня снова рождались настоящие, живые цыплята.

Дятел покачал головой:

– Я ничем не могу помочь. Вы же сами согласились стать Курицей, Которая Несёт Золотые Яйца, когда вам предложили служить при дворе Одноглазого Карлика и дали ливрею из павлиньих перьев. Теперь уж ничего не поделаешь.

...Гром прокатывает за опушкой леса и приближается, приближается... Нет, это не гром гремит, а колёса кареты Одноглазого Карлика.

– Тпру! – кричит Карлик, и карета останавливается на опушке леса. – Так вот ты где, негодница! – кричит Карлик, вытаскивая из дупла Курицу, которая от страха роняет на дорогу тяжёлое золотое яйцо. – Так и знай! В следующий раз сверну тебе шею! – Карлик швыряет Курицу в карету.

Он наклоняется и с трудом отрывает от земли золотое яйцо. Рессоры кареты прогибаются под тяжестью яйца.

Курица прижалась в уголке. Кони натягивают постромки и выносят карету из лесу на дорогу. Впереди виден Замок с золотой крышей, башни с золотыми шпилями.

Божья Коровка, проснувшись от грохота колёс, вспархивает с листа лопуха и летит вверх.

Она ведь свободна и может делать всё, что захочет.

«Что прихватить сегодня на небе? – думает она. – Осколок радуги? Или, может быть, солнечный луч?»

Поползень, у которого Дятел вытащил занозу, взбирается по стволу сосны всё выше и выше.

Соловей съел половину Индийского червяка, запил тремя каплями росы и поёт, устроившись на ветке черёмухи. А черёмуха расцветает под его пение.

Воробей летит в город: ему надо успеть поссориться с другим старым Воробьём, лучшим другом.

Ящерица греется на солнце и смотрит, как быстро растёт у неё хвост чудесного нежно-салатного цвета, гораздо более красивый, чем прежний.

Карета Одноглазого Карлика скрывается за золотыми воротами Замка.

Мальчик Одуванчик и три ключика

Жил на свете мальчик, и у него была бабушка – старая добрая черепаха. Жили они на опушке леса. А звали мальчика Мальчик Одуванчик, потому что у него была круглая, очень пушистая голова.

Раз Мальчик Одуванчик проснулся среди ночи; ему показалось, будто кто-то зовёт его красивым звонким голосом:

– За мною! Скорее!

Мальчик собрался выбежать из дому – хотя было совсем темно и страшно, – но Бабушка Черепаха остановила его:

– Будь терпеливым! Это Южный ветер летит в Южную страну. Ты маленький, тебе рано в дальнюю дорогу. Спи спокойно.

Мальчик послушался и снова уснул.

Прошло неизвестно сколько времени. И мальчику снова среди чёрной ночи почудилось, будто кто-то зовёт его:

– Лети с нами! Скорее!

Мальчик выбежал из дома. Далеко в высоте летели птицы, стая за стаей. Мальчик Одуванчик взмахнул руками. Но он не поднялся в воздух. Не все мальчики умеют летать.

Он стоял на опушке леса и смотрел вслед птицам. Бабушка Черепаха нашла его, увела домой и уложила в тёплую постель:

– Спи спокойно. Ты ещё маленький. Придёт и твоё время, ты увидишь страны, куда летел ветер, и страны, куда торопились птицы. И другие страны, куда не долетают ни ветер, ни птицы.

– Когда же придёт это моё время? – нетерпеливо спросил Мальчик Одуванчик.

– Скоро! – ответила Бабушка Черепаха. – Тебя позовут гномы. Ещё немного подрасти, они тебя позовут.

И однажды ночью это случилось.

Бабушка Черепаха разбудила мальчика.

– Слышишь? – спросила она.

Мальчику казалось, что всё тихо. А потом он прислушался, и до него донёсся серебристый звон.

– Одевайся потеплее, не забудь надеть шарф, – торопила бабушка.

Они вышли из дому и пошли по полю: бабушка впереди, а мальчик за нею.

Ближе и ближе слышался серебряный звон. За тёмным полем открылась поляна. Среди колокольчиков, качающихся на длинных, как у аиста, ногах, среди лилий, тюльпанов и ромашек горели жёлтые, голубые и розовые огни.

– Бабушка! Бабушка! Смотри! Звёзды в цветах! – воскликнул Мальчик Одуванчик.

– Это не звёзды, – ответила Бабушка Черепаха. Слышно было, как шуршат её лапы по траве, как она устало дышит, и видно было, как цветные огни отражаются в её панцире, покрытом глубокими трещинами-морщинами. – Это не звёзды, а светляки. Они светят гномам, чтобы те могли ковать ключи.

Светляки горели всё ярче. Серебряный звон доносился с поляны.

Молоты ударяли по наковальням: один тонко – динь-дили-динь-динь, другой чуть погромче и реже – бим-бом-бом и третий совсем редко и громче всех – бам-бамм-баммм.

Под звон молотов гномы пели песню:

– Ударил молотом гном.
Гром!
Птицы очнулись от сна.
Весна!
И цветы, и трава –
Вся земля, что вчера спала,
Расцвела!
И жучиный народ,
Муравьиный народ,
Бабочкин народ
И хитрый кот,
Тот, который мышку ждёт

(Она спрячется, кот её не найдёт),
Даже старый слепой крот –
Словом, все пробудились от сна!
Ведь весна! Наступила весна!

Бабушка Черепаха тем временем подползла к широкому ручью.

– Смотри, – сказала она мальчику, когда немного отдышалась.

Мальчик увидел: за ручьём, среди синих колокольчиков, стояли три наковальни. Маленькая – зелёная, побольше – красная и третья, самая большая, – из алмаза.

Над зелёной наковальней наклонился крошечный гном в зелёном фартуке. На голове у него была зелёная вязаная шапочка с длинной кисточкой, свешивающейся до самой земли. В руках он держал зелёный, почти игрушечный молоток и быстро бил им по зелёной наковальне, где лежал зелёный ключик.

Динь-динь-дилинь-динь... – часто бил он молотком и пел тонким голосом:

– Ударил молотом гном.
Гром! Гром!! Гром!!!
Птицы очнулись от сна.
Весна!
И цветы! И трава!

Рядом с наковальней росла зелёная ель. На каждой ветке мерцали светляки, как лампочки на новогодней ёлке; они всё время перепрыгивали с ветки на

ветку – а ведь лампочки не летают – и подпевали зелёному гному:

– Земля, что вчера спала,
Расцвела!
И ручей журчит,
И жучиный народ
Жужжит.
Птичий народ поёт.
Муравьиный народ ползёт,
Бабочкин народ летит.

А у красной наковальни стоял гном побольше, в красном фартуке – брат зелёного гнома – и бил красным молотом по красной наковальне, где лежал красный, сверкающий, как рубин, ключ. На голове у него была красная вязаная шапочка с кисточкой до земли. А на лице росла рыжая борода.

Бим-бом-бом... – сильно бил он красным молотом по красному ключу и пел:

– Даже старый крот
Не спит,
Он глядит, глядит...
В эту чёрную ночь –
Одну-одну во всём году –
Слепой крот видит весну.
А хитрый кот всё ждёт,
Ждёт.
Не дождётся кот: мышка обманет, уйдёт, –
Мышки хитрый народ.

И весна уйдёт.
И жизнь пройдёт.
Не такой уж ты хитрый,
Хитрый кот.

Клён с красными и зелёными листьями и дуб с красными и зелёными листьями росли над наковальней. Красные светляки висели на деревьях, как праздничные лампочки. Они перелетали с места на место. А ведь лампочки не умеют летать. Светляки подпевали гному тонкими голосами:

– В эту чёрную ночь –
Одну-одну во всём году –
Ты увидишь свою судьбу.
Птиц ждёт далёкий путь,
И мальчиков – далёкий путь,
Дивно далёкий путь,
С которого нельзя свернуть.

У третьей, алмазной наковальни стоял старый гном – старший брат – в белом фартуке, в белой вязаной шапочке, с длинной белой кисточкой до самой земли и с длинной седой бородой.

Он ударял молотом редко и сильно по алмазному ключу: бам-бамм-баммм!..

Около его наковальни не росли деревья. В траве, в цветах не было светляков. Но над головой гнома, в небе, мерцали звёзды.

Ударяя молотом, гном с седой бородой не пел, а глухо говорил:

– В эту чёрную ночь –
Одну-одну на твоём веку –
Ты увидишь свою звезду.
Запомни свою звезду.
Иди на её огонь.
Ведь тому, кто собьётся с пути,
Дорогу к звезде не найти.

– Лови! – крикнул младший зелёный гномик тоненьким голоском и кинул через ручей зелёный ключ.

А когда мальчик поймал ключ, крикнул ещё:

– Только не открывай прозрачный сундук с зелёными самоцветными камнями.

– Лови! – крикнул средний брат – красный гном с красной бородой, бросая мальчику через ручей красный ключ. – Только смотри не пробуй открывать прозрачный сундук с красными драгоценными камнями.

– Лови! – низким, густым голосом тихо проговорил старший брат – седой гном, бросая через ручей алмазный ключ. – Да смотри не открывай прозрачный сундук с алмазами и бриллиантами.

Старый гном сказал это – и поляна скрылась из глаз.

Да и ночь прошла, и светляков больше не было видно. И гномов не было видно, только поле в синих колокольчиках. Дорожка среди поля. Звезда над дорожкой.

– Бабушка! – позвал мальчик.

Но и бабушка исчезла.

Мальчик заплакал. Потом он вытер слёзы – ведь это был мальчик.

Звезда горела ярким зелёным светом, хотя был день и светило солнце.

Мальчик пошёл по дороге – туда, где горела звезда. Шёл, шёл... Солнце стало припекать. «Жарко», – подумал мальчик.

Только он успел подумать это, зелёный лес со столетними дубами, столетними елями и столетними берёзами вырос перед ним. Но деревья были такими старыми и так тесно переплелись ветвями, что войти в лес было нельзя.

А звезда – та, зелёная – горела по-прежнему, хотя уже наступил полдень; горела она прямо над вершиной дуба.

Мальчик пригляделся и видит: у дуба дупло. Дупло закрыто дверцей, поросшей зелёным лишайником. На дверце – маленький зелёный замок. Мальчик Одуванчик вытащил зелёный ключ, повернул в замке – дверца открылась. Из дупла выскочила Белочка с длинным пушистым хвостом.

– Идём играть! – позвала она.

Деревья в лесу расступились. Не так уж это редко бывает, что деревья в лесу расступаются.

Белочка побежала по мшистой тропе – от дерева к дереву. Мальчик за ней – от дерева к дереву.

– Хочу пить! – сказал мальчик, когда наигрался.

Белка ударила длинным хвостом по мшистой кочке. Чуть-чуть ударила – так, чтобы кочке не было больно.

Рядом с кочкой пробился прозрачный ручей.

– Хочу есть! – сказал мальчик, когда напился воды.

Только он это сказал, из-под дуба послышался громкий голос:

– Пожалуйста! Пожалуйста!

Валежник под дубом зашевелился, и из берлоги вылез огромный старый Медведь.

Мальчику стало страшно, но Медведь улыбался во весь рот, а в лапах держал соты с мёдом.

И страх сразу прошёл.

– Я устал и хочу спать, – сказал Мальчик Одуванчик, когда досыта наелся мёду.

Зяблик выскочил из гнезда и прощебетал:

– Ложись на берегу Ручья, в тени, на травке, а я тебе спою колыбельную.

Мальчик улёгся поудобнее. Зяблик запел.

Он очень красиво пел. Но мальчик, прежде чем закрыть глаза и уснуть, увидел – близко, за Ручьём, на траве – прозрачный сундук с зелёным замком, наполненный самоцветными зелёными камнями.

Он вскочил и, забыв обо всём, побежал к сундуку.

Ключ сломался в замке. Мальчик не огорчился, даже не заметил этого. Он откинул крышку прозрачного сундука и, пригоршня за пригоршней, стал набивать карманы самоцветными, очень блестящими зелёными, как изумруды, камнями.

А когда он обернулся, чтобы похвастаться перед Белкой, перед Зябликом, который так красиво поёт, перед Ручьём и перед Медведем, особенно, конечно, перед Михаилом Топтыгиным, – когда он обернулся, лес сомкнулся столетними дубами, соснами, елями и переплёлся ветвями.

В дубе было дупло.

На дупле – дверца с зелёным замком. Но не было запасного ключа, чтобы открыть дверцу: ведь ключ сломался.

Поле, синее от колокольчиков, простиралось перед ним. А по полю бежала дорожка. И над дорогой красным светом горела звезда.

Мальчик повздыхал немного, поплакал даже – не очень весело остаться одному.

Вначале бабушка исчезла, а теперь сразу пропали Ручей, Белка, Зяблик, Медведь. Поплакал, вытер глаза и пошёл по дорожке.

А в лесу Ручей сказал:

– Странный мальчик, он даже не заметил, какая у меня вкусная вода!

– И не поблагодарил за мёд, а ведь мёд был очень вкусный, – прорычал Михаил Топтыгин и облизнулся.

– Поиграл и забыл обо мне, – тихо сказала Белка.

– Он не дослушал мою песню, а я ведь так старался, – сказал Зяблик. – Странный мальчик.

– Вовсе не странный, а просто совсем обыкновенный, не чудесный, – прокрякала Мудрая Утка, которая много раз облетела свет, видела все страны и потому стала такой мудрой; она плавала в Ручье, чистила пёрышки и сначала не принимала участия в разговоре.

– Мои птенчики были тоже совсем обыкновенные, непослушные, то и дело вываливались из гнезда... А я их так любил, – вздохнул Зяблик.

– И мои белочки...

– Нет, нет! В каждом должно быть хоть немного чудесного! – горячо перебила Мудрая Утка, которая вообще-то волновалась, только если видела ястреба над утятами. – Прошлый год наша стая летела над домом, где жил мальчик со своей Бабушкой Черепахой, очень доброй и достойной особой. Мальчик выбежал на поляну, махал, махал руками, но так и не смог подняться в воздух за нами.

– Р-р-р!.. – зарычал Михаил Топтыгин и стал крутить своими огромными лапами, как ветряная мельница крыльями. Он крутил лапами так, что ветер поднялся в лесу, молодые деревья согнулись, только что распустившиеся листья отрывались от веток.

Он крутил огромными лапами и подпрыгивал и время от времени, задыхаясь, спрашивал Утку:

– Р-р-р, ну а я? Я-то взлетаю? Хоть немного!

– Нет, ты не взлетаешь, – отвечала Утка. Она не умела лгать.

А когда Медведь угомонился, Утка сказала:

– И всё-таки в тебе, Михаил Михайлович, есть чудесное. Вот ты дал мальчику мёду, а ведь ты сам больше всего на свете любишь мёд.

– Р-р-р!.. – облизываясь, прорычал Медведь.

– А ты, Ручей, дал мальчику такой вкусной воды, – продолжала Утка. – А ты, Зяблик, придумал для него песню. А ты, Белка, забросила все дела, чтобы поиграть с ним. Я ведь знаю, у тебя ужасно много своих дел.

– Да-да, у меня ужасно много дел! – воскликнула Белочка, схватилась за голову и стремглав помчалась к своему жилищу.

– Во всех есть хоть немножко чудесного, – прокрякала Утка вслед Белочке.

«Полечу-ка я к Бабушке Черепахе и скажу ей, что внучек её жив и здоров, – подумала Утка и поднялась над лесом. – Бабушка Черепаха, должно быть, все глаза выплакала по своему Мальчику Одуванчику».

...Звезда горела в полуденном небе. Но теперь она была не такая яркая.

Мальчик шёл по дорожке туда, где горела звезда. Ему было не очень-то весело. Хорошо ли одному? Особенно когда у тебя карманы полны чудесными блестящими зелёными камушками и не перед кем похвалиться.

Он шёл пригорюнившись – и вдруг увидел прямо перед собой девочку.

У неё была длинная золотая коса, синие глаза, а на высокой белой шее – красная цепочка с крошечным красным замком.

Но мальчик не стал её особенно разглядывать – подумаешь, синеглазая и с косой! – Он вытащил из кармана две пригоршни изумрудов, протянул их на раскрытых ладонях и отступил на шаг, чтобы девочка, чего доброго, не зацапала камни.

«Девчонки все падки на блестящее, как галки», – подумал он, а вслух сказал:

– Завидно?! У меня ещё много!

– Фу, гадость какая – лягушки!

– Сама ты лягушка! – крикнул мальчик.

Взглянул, а у него на ладонях копошатся маленькие зелёные лягушата. И прыгают с ладоней на землю. И из карманов прыгают на землю.

– Большой, а глупый! – сказала девушка. – Ты уже не мальчик, а юноша, пора поумнеть.

– Глупый?! Ах так!.. – сердито крикнул Мальчик Одуванчик.

Он хорошо видел красный замочек. Тот самый крошечный красный замочек, которым закрывалась цепочка на шее девушки.

Он подбежал и одним поворотом ключа открыл замочек.

Цепочка упала в траву, но девушка не заметила этого.

– Нет, ты совсем не глупый, – медленно сказала девушка; она улыбнулась и стала дивно хороша.

Мальчик увидел, как она прекрасна, и затаил дыхание от счастья.

А Утка, та самая Мудрая Утка, пролетая над юношей и девушкой, подумала: «Кажется, из этого оболтуса ещё выйдет толк. Полечу-ка я к Бабушке Черепахе, передам, какое счастье выпало на долю её Мальчика Одуванчика. Триста – четыреста километров невелик крюк. А бабушка, весьма достойная особа, на сто лет помолодеет от радости».

И Утка полетела.

Девушка стояла всё так же улыбаясь и, не спуская с юноши глаз, говорила:

– Нет, ты умный. И добрый. И сильный. Шутка ли, перетащить целый лягушачий народ из одного болота в другое! То болото, верно, высохло, вот ты и пожалел лягушек. Ты чудесный! Хочешь, мы будем с тобой дружить всю жизнь? Дома тебя звали Мальчик Одуванчик. Видишь, я знаю про тебя всё. Здравствуй, Мальчик Одуванчик!

И она протянула ему руки.

Он хотел взять её за руки, но, на беду...

Да, на беду, в эту самую секунду он заметил в траве прозрачный сундук, доверху полный сверкающими красными камнями – рубинами.

И он бросился к этому сундуку.

– Подожди! – сказал он девушке.

Может быть, он хотел подарить ей необыкновенные драгоценные камни?

А может быть, он просто забыл о девушке. Как прежде забыл о Бабушке Черепахе, о Белочке, о Ручье, о Зяблике, о Медведе.

Иначе почему он не обернулся? А если бы он обернулся, может быть, всё произошло бы иначе.

Ах, если бы он обернулся!..

Он открыл замок, и, конечно... конечно, ключ сломался. Но он даже и драгоценных камней не набрал, потому что, откинув крышку сундука, увидел, что никакие там не камни, а красные жуки.

Жуки выползали из сундука и скрывались в траве. Вскоре они все исчезли.

Вот теперь Мальчик Одуванчик обернулся.

Но девушки не было.

В поле было пусто. Жарко пекло солнце; в его свете ещё видна была звезда – теперь она горела тусклым белым светом.

Что почувствовал Мальчик Одуванчик?

Он почувствовал, что стал старше – на десять или, может, на сто лет.

Тем временем Утка долетела до дома Бабушки Черепахи, которая всё сидела на крыльце, вглядываясь в даль, и прокрякала:

– Уф, устала! Кажется, у твоего внука всё идёт на лад, скоро ты будешь нянчить правнуков.

– Правда?! – просияла Бабушка Черепаха. – О, я всегда знала, что он встретит принцессу. И принцесса полюбит его. Кто ещё так достоин любви?

«Не знаю, как принцесса, среди уток почему-то редко встречаются принцессы, но я бы облетала этого молодца за сто... нет – за тысячу километров, – подумала Утка, вежливо прощаясь с Бабушкой Черепахой. – Впрочем, что мне: их дело молодое, а я свой век отжила».

Мальчик Одуванчик шёл по пыльной дороге под жарким солнцем, которое всё не закатывалось, нащупывая в кармане единственный оставшийся алмазный ключ.

Ему было грустно, одиноко и очень тоскливо; может быть, он вовсе не такой уж плохой...

Кругом росла одна лишь жёсткая, сухая трава. И в небе горела белая звезда.

Подняв голову, Мальчик Одуванчик увидел под звездой длинную – без конца и края, – высокую белую стену. Посреди стены сверкали так, что было больно смотреть, алмазные ворота, закрытые алмазным замком. Изнутри на стену вскарабкивались старики, женщины и дети; они молили:

– Открой ворота, чужестранец! Ведь у тебя есть алмазный ключ. Мы уже много лет погибаем без воды и без хлеба. Открой.

Рядом с воротами стоял прозрачный сундук, доверху наполненный невиданно прекрасными алмазами и бриллиантами.

– Открой! – повторяли одно это слово женщины, старики и дети, карабкаясь на стену. Они срывались со стены и снова карабкались. Они были изранены, из ран текла кровь. – Открой!

Мальчик Одуванчик шагнул к воротам. Конечно же он шагнул к воротам.

Но в это время к сундуку бросились стражники с алебардами. И мальчик подумал: «Утащат сундук, а там ищи-свищи... Нет уж...»

Так вот, оказывается, почему он не открыл алмазные ворота в бесконечной белой стене.

– Потерпите! – кричал он, торопливо открывая сундук. – Пожалуйста, потерпите немного.

Он так торопился, что, конечно, сломал ключ – тот, алмазный.

А когда он поднял крышку сундука – устало и почти нехотя, – он увидел, что там не бриллианты, а очень красивые и блестящие, да, очень красивые капли росы.

Или слёзы? Кто знает...

Эти капли росы или слёзы сразу высохли – ведь солнце грело очень жарко, прямо-таки жгло.

И сундук опустел.

А когда мальчик огляделся, он увидел, что кругом никого и ничего нет – ни стражников с алебардами, ни алмазных ворот, закрытых на алмазный замок, ни бесконечной белой стены. Только выжженная жёлтая трава.

И звезда на небе погасла. А над сухой травой слабо раздавался крик: «Открой! Открой!»

Или это был стрекот кузнечиков?

Может быть, и так...

Мальчик постоял и пошёл обратно, по тропинке, которую сам протоптал. Куда ещё было ему идти? Шёл он медленно, с трудом отрывая ноги от земли.

Шёл долго, очень долго.

Он обогнул лес и ночью – вот теперь наступила ночь – увидел вдали поляну, над которой горели, как звёзды, разноцветные светляки.

Он обрадовался, узнав поляну, и ускорил шаг.

Он подошёл к широкому ручью и увидел трёх гномов: зелёного гнома – меньшого брата, среднего брата – рыжебородого гнома и старшего брата – гнома с длинной, до земли, белой бородой.

– Милые гномы! – сказал Мальчик Одуванчик надтреснутым, слабым голосом. – Дайте мне ещё один разочек ключи. Теперь я буду умнее и не сломаю их.

Динь-дили-динь-динь, бим-бом-бом, бам-бамм-баммм... – били гномы по наковальням, выковывая ключи.

– Мы даём ключи только мальчикам, – сказал меньшой гном, не отводя глаз от наковальни.

– Я и есть мальчик. Разве ты не узнаёшь меня?

– Посмотри на себя! – прокрякала Мудрая Утка, которая плавала по ручью.

Мальчик Одуванчик склонил голову и увидел в воде, среди отражений разноцветных светляков, своё лицо.

Он увидел старика с запавшими глазами, морщинистого, с седой бородой.

Он повернулся спиной к ручью и пошёл по ночному полю куда глаза глядят.

Ничего не поделаешь. Так уж произошло, и недаром говорится – из сказки слова не выкинешь.

А Утка – хотя она только вернулась из Африки, очень устала и отдыхала после перелёта – тяжело поднялась в воздух и полетела к Бабушке Черепахе.

«Хочешь не хочешь, а надо», – подумала она.

Прилетев, Утка прокрякала Бабушке Черепахе:

– Твой-то возвращается. Выйди встречать – сам он не найдёт дороги.

Она была уже очень стара, Бабушка Черепаха. Панцирь стал совсем серым, весь покрылся трещинами-морщинами и не отражал ни солнца, ни звёзд, ни светляков.

От старости она почти ослепла.

– Он возвращается с принцессой и маленькими принцами? – спросила Бабушка Черепаха.

– Ах, нет, – прокрякала Утка, которой очень бы хотелось на этот раз сказать неправду, но что поделаешь, если она не умела лгать. – Принцессы с ним нет, и принцев тоже нет.

– Всё равно я счастлива, что он возвращается.

«Значит, что-то в нём есть или было; если утёнка или мальчика так любят, в нём обязательно должно быть хоть немного чудесного», – поднимаясь вверх и устало махая в чёрном воздухе старыми крыльями, подумала Мудрая Утка.

Бабушка Черепаха вышла из своего дома, который изрядно покосился и по окошко врос в землю, и побрела по полю, туда, где горели огни гномов и откуда доносилась их песня.

Она была слаба и стара и, сделав шаг, не знала, сумеет ли сделать второй. И она почти ничего не видела.

И всё-таки среди огромного чёрного поля она нашла своего внука.

Она узнала его по шуму шагов, хотя он теперь волочил ноги; по дыханию, хотя дышал он тяжело и хрипло. Кто ведает, как она его узнала! Да это и не так важно.

Она узнала его и, как прежде, окликнула детским его прозвищем:

– Мальчик Одуванчик! Идём скорее домой, уже поздно! Что-то ты загулялся сегодня!

Дома она напоила его горячим молоком. И уложила в постель, в ту самую, из которой он поднялся в ночь, когда его позвали гномы.

Ему было тесновато в детской постели, но бабушка тепло укрыла его; он свернулся клубком, согрелся и скоро уснул.

Во сне он улыбался. Снилось ему, что он, прежний Мальчик Одуванчик с пушистой головой, играет на лугу перед Бабушкиным домом.

А когда он уснул, Бабушка Черепаха осторожно ссохшимися лапками погладила его лицо. И почувствовала морщины на лбу, на щеках, у глаз – множество морщин – и по этим морщинам, как по строчкам книги, прочла всю его жизнь: как лес вначале открылся, а потом закрылся для него; как принцесса чуть не полюбила его, почти совсем полюбила, а потом исчезла; как остались закрытыми алмазные ворота города с бесконечной белой стеной...

Мальчик спал.

«Это я во всём виновата, – горько думала бабушка. – Я рассказала моему дорогому мальчику слишком мало сказок, и он не узнал чудесного, когда оно встретилось ему на пути, и бросился к этим дурацким сундукам».

Во сне Мальчик Одуванчик дышал тихо и спокойно.

«Это я во всём виновата, – горько думала Бабушка Черепаха. – Я рассказала ему слишком мало правдивых историй о настоящей жизни».

Мальчик Одуванчик спал.

Я рассказал эту сказку моему мальчику. Он был тогда беленький, с золотыми кудряшками – похожий на девочку. Красивый, но капризный. Было условлено: я рассказываю сказку, а он сразу засыпает.

– И вовсе это не сказка, – сказал он, раскрыв большие зелёные, как у матери, глаза, когда выслушал всё до конца. – Вот я не уснул, и не усну, и никогда не буду спать.

Глаза у него всё-таки слипались понемногу, так что я не очень испугался.

– Почему это не сказка? – спросил я.

– В сказке всегда всё кончается хорошо, – ответил он.

– И тут всё кончилось хорошо... Почти всё, – сказал я. – Ведь Бабушка Черепаха жива, а это самое главное. И для неё внук всё тот же Мальчик Одуванчик. Видит

она плохо, потому что совсем старенькая. Но помнит хорошо.

– А... ключики... всё-таки... сломались... – сказал мой мальчик.

– Ну и что ж. Зато ты будешь умнее; ведь и тебя скоро позовут гномы.

Он не ответил. Он крепко спал.

Я вышел в сад. Прилетели грачи и хлопотали, устраиваясь в старых гнёздах.

«Ты-то не сломаешь ключи? – мысленно спрашивал я своего мальчика. – Ведь если сохранить ключи, остальное – пусть не сразу, не легко – в конце концов наладится... Ты-то не сломаешь ключи?»

...Когда слушаешь грачей, кажется, будто они ссорятся, но просто у них такие громкие голоса, а говорят они о самых обыкновенных вещах.

Вот и тогда, тем вечером, когда я вышел в сад, одна грачиха жаловалась:

– Гнездо за зиму совсем прохудилось. Но видишь, какую я нашла толстую хорошую ветку. Дай бог долететь с нею; стара я становлюсь, стара!

А молодая грачиха отвечала:

– Мне попалось чудесное пушистое гусиное перо. Говорят, в старину такими перьями люди писали сказки для своих птенцов. Грачонку, когда он появится на свет, будет хорошо спаться на постели из перьев, и ему будут сниться хорошие сны.

Только птица сказала это, я перестал слышать грачиный грай и шум весеннего ветра.

Издалека донеслась песня гномов:

– Ударил молотом гном.
Гром!

«Гномы зовут моего мальчика, – со страхом и радостью, со щемящей тревогой в сердце подумал я. – Каким-то он вернётся домой?»

Я подумал это, а мой мальчик уже вышел на крыльцо: умытый, хотя он обычно не очень любил мыться, и одетый в дорогу.

– Пора? – спросил он и взглянул на меня.

Я подумал: «Хорошо, что у тебя глаза зелёные, как у матери, и правдивые, как у матери, и добрые. И хорошо всё-таки, что ты услышал эту сказку о трёх ключиках; сказка не оттягивает плечи в дороге».

– Пора?! – второй раз нетерпеливо спросил мальчик.

Я смотрел на него, запоминая, запоминая – каким он начинает свой путь.

И неясно вспоминал свой собственный путь, уже близкий к концу.

– Ох, наконец-то я дотащила эту огромную ветку, – хрипло сказала старая грачиха. – Думала, вот-вот сердце разорвётся. Славная крыша будет у гнезда.

– Чудесная кроватка получилась из гусиного пера! – откликнулась молодая грачиха. – Осталось снести яйцо и высидеть первенца, только и всего.

...А мы, я с моим мальчиком, вышли через калитку в поле.

Вдалеке виднелась поляна, где среди травинок и цветов и на ветвях деревьев горели сотни разноцветных светляков. Гномы били по наковальням: динь-дили-динь-динь, бим-бом-бом, бам-бамм-баммм – и пели свою песенку:

– Птицы очнулись от сна.
Весна!
И цветы и трава –
Вся земля, что вчера спала,
Расцвела.
И жучиный народ,
Муравьиный народ,
Бабочкин народ,
И хитрый кот,

Тот, который мышку ждёт
(Она спряталась, кот её не найдёт),
Даже старый слепой крот –
Словом, все пробудились от сна!
Ведь весна!
Наступила весна!
И слепой крот видит
Весну.
В эту чёрную ночь – одну
В целой жизни, а не только
В этом году –
Каждый видит свою судьбу.

«Всё ли я тебе успел рассказать?» – думал я, едва поспевая за мальчиком, который вприпрыжку бежал по тропинке через поле.

А гномы пели своё.

И мальчик прислушивался к одной лишь песне гномов.

Каким-то ты вернёшься домой, мой мальчик?!

Приключения Ёженьки и других Нарисованных Человечков

ЧАСТЬ ПЕРВАЯ

Далеко-далеко, на берегу моря-океана, за тридевять земель и ещё за высокой горой, в маленьком городе у опушки бора, жили два брата-художника. Младшего брата звали Добрый Художник. А старшего – Злой.

Провёл старший брат чёрной-пречёрной краской черту.

– Всё, что по эту сторону, – моё! – сказал он младшему.

Видишь, ему досталась бо́льшая половина комнаты.

И бо́льшая половина окна.

И бо́льшая половина леса, который виден в окне.

И бо́льшая половина звёздочек, которые горят над лесом.

Стал Добрый Художник рисовать на большом листе бумаги картинки и буквы для азбуки: «А»... «Б»... «В»... Поглядел, а часть листа попала за чёрную черту к злому брату.

Плохо, да что поделаешь.

Работает Добрый Художник, рисует.

К вечеру холодно ему стало, руки совсем замерзают.

Пошёл он в дремучий лес – хворосту набрать и печку протопить.

Идёт он чащобой. Деревья трещат от мороза.

Темно.

Холодно.

Страшно.

Идёт он, идёт и вдруг слышит дрожащий голосок:

– Простите, пожалуйста, я ззз... а... мм... е... рр... ззз... аю...

Оглянулся Добрый Художник, а в сугробе, под ёлочкой, ёжик.

Плохо бедняге: шуба заледенела, щёки побелели от мороза.

Ёжик-ежище – Чёрный носище... Знаете, когда Ёж возвращается из леса в нору, он снимает колючую шубу, вешает на гвоздь и надевает мягкую пижаму.

И ежата, когда возвращаются из леса в нору, тоже снимают колючие шубки и надевают мягкие пижамы.

Но когда Ёж выходит из норы в лес, он никогда не забывает снять пижаму и надеть колючую шубу.

И ежата тоже никогда не забывают. Колючки защитят и от лисы, и от волка!

А от мороза трескучего? От ветра ледяного?

Нет, от мороза и ветра они не защитят.

Пожалел Добрый Художник ёжика и положил его за пазуху: пусть бедняга отогреется.

Положил он его на грудь и укололся больно-пребольно.

И сразу почувствовал: что-то странное творится кругом.

Будто бы он спит, но с открытыми глазами.

И будто бы тепло стало в лесу.

Ели и сосны стряхнули снег, похлопали мохнатыми лапами, взялись за руки, окружили Художника, ведут хоровод, и маленькая ёлочка тихо приговаривает:

– Не бойся. Ничего страшного не случилось.

– Ничего не бойся! – вслед ёлочке повторяет мудрый старый пень в снежной высокой шапке. – Просто-напросто ты стал волшебником. Так бывает с каждым, кто в зимнюю стужу, в морозную ночь повстречает Ежа-ежища – Чёрный носище и согреет его.

– Что же мне делать? – спросил Добрый Художник, который всё-таки очень испугался.

– Будь осторожен! – десятками голосов ответили ели, и сосны, и лесной ветер.

Синие подснежники на секунду выглянули из окошек снежных сугробов – своих домов, тоже сказали:

– Будь осторожен! – и снова скрылись в сугробах.

– Будь осторожен! – проскрипел старый пень в снежной шапке. – Помни: это нелегко – стать настоящим Добрым Волшебником.

Очнулся Художник, а он уже дома.

В печке горит хворост. Тепло. На столе недорисованная азбука.

«Неужели мне всё только приснилось?» – подумал он.

Глядит, а из рубашки ежиные иглы торчат.

Положил он иглы на стол, и вот уже это не иглы, а цветные карандаши.

Один, серый, карандаш укатился за чёрную черту – к Злому Художнику. Тот его – цап-царап.

– Мой! – говорит. – Не отдам!

Добрый Художник сразу догадался: это не простые, а волшебные карандаши. И всё, что нарисуешь волшебными карандашами, будет живое!

И подумал он:

«Нет у меня дочки. А какая жизнь без детей? С кем посмеёшься? Кому порадуешься? Кому сказку расскажешь?»

И решил он: «Дай нарисую я себе маленькую доченьку. И назову её Ёженька».

Взял и нарисовал.

Какая девочка получилась! Синеглазая, рыжая, с бантами – славная!

Славная-то славная, только капризная немного.

Огляделась Ёженька и захныкала:

– Ску-у-у-учно!

И Художник чуть не плачет: жалко ему девочку.

Подумал он и нарисовал море – спокойное, весёлое.

И небо нарисовал – ясное, без облачка.

И нарисовал Ёженьке шапку – золотую, как корона.

И лодку нарисовал – настоящую, из спичечной коробки.

И мачту.

И парус из розового лепестка.

И дал Ёженьке в руки синий воздушный шар.

И сказал дочке:

– Катайся по морю. Не скучай. А я отнесу азбуку в школу. А то дети всё спрашивают, как пишется «А», и как пишется «Б», и как пишется «В».

И он ушёл.

Злой уже тут как тут.

– Ага! Попалась! – закричал он страшным голосом и – р-раз! – распахнул окно.

А на дворе бушевала буря. Ворвался ветер в комнату. Завертелось всё, закружилось. Одеяло летит, как птица крыльями машет. Лампочка под потолком раскачивается, как колокол: «Динь-динь, динь-динь...»

Забурлило и нарисованное море.

Выше, всё выше поднимаются волны. Вот какие страшные белые гребни на них! Того и гляди, лодка утонет.

Уже и мачту сломало, и парус сорвало. Уже и не видать лодки среди волн...

– Ага! Попалась! – ещё раз страшным голосом закричал Злой и от радости подскочил до потолка.

Вот какую он шишку набил себе на макушке!

– Конец тебе, глупая маленькая Ёженька!

Он очень не любил маленьких детей, этот Злой Художник.

Старший брат так страшно и громко закричал, что младший, хотя и был далеко, услышал и сразу прибежал домой.

Море бушует сильнее и сильнее.

«Всё пропало, – подумал Добрый Художник, – нет больше моей золотой Ёженьки!»

И только он успел это подумать, как из-под потолка раздался голосок:

– Ау! Я тут! Спасай меня! Ой! Ой! Спасай меня скорее!..

Взглянул Добрый Художник вверх и видит: над гребнями волн летит Ёженька, уцепившись за свой воздушный шар.

Но волны уже бьются о потолок: бум! бум! – и брызги во все стороны, ветер всё сильнее. Ещё немного –

и он вырвет шар из Ёженькиных рук. Тогда Ёженька обязательно упадёт в море.

И утонет.

– Держись, Ёженька! – крикнул Добрый Художник, бросился в самую пучину, волшебным карандашом разгребая волны, и одним движением нарисовал остров среди океана.

И нарисовал Добрый Художник на острове три пальмы.

Одна пальма вон какая – шоколадно-пирожно-конфетная.

Вторая – мороженo-пломбирная.

А третья – аптечная.

Мало ли что приключится! Вдруг Ёженька перекупается, или поранится, или слишком много конфет съест.

А Злой Художник пристроился рядом, прикрылся ладонью и рисует ужасные ужасы.

Он уже нарисовал своим карандашом одного... двух... трёх людоедов, чтобы они поймали Ёженьку и съели.

А Ёженька подлетела к острову и опустилась на него.

Стоит, смотрит и радуется солнцу, пальмам, жёлтому горячему песку под ногами, синему небу над головой.

Нарисовал Добрый Художник трёх братьев Ёженьке – трёх храбрых воинов, чтобы они защищали сестричку.

Первого, самого большого и сильного, – старшего воина и назвал его Старший Ёж.

Второго воина, поменьше, – Среднего Ежа.

И ещё третьего, самого меньшего, – Маленького Ежа: надо же Ёженьке кому-нибудь рассказывать секреты.

И каждому воину дал щит. Он жалел Ёженькиных братьев.

И каждому нарисовал сердце.

Старшему Ежу – золотое: сильное и горячее, как солнце.

Среднему Ежу – синее: верное и широкое, как море.

А самому маленькому – зелёное: доброе и ласковое, как трава.

Иначе братья были бы бессердечные.

И одно сердце, яркое, как радуга, он нарисовал про запас; это сердце он спрятал на самой верхушке конфетной пальмы.

А Злой Художник тем временем нарисовал ещё трёх людоедов; значит, всего их стало: 3 + 3 = 6. Много!

И нарисовал он Чудовище Пятирога: у него огромнейший острый рог на носу да по рогу на каждой ноге.

И нарисовал гору. Из неё поднимается дым. Это не простая гора, а огнедышащая – вулкан. Он даже дым не дорисовал до конца, а уже крикнул страшным голосом:

– В бой, в бой, проклятые людоеды! Конец тебе, глупая маленькая Ёженька!

Послушались людоеды и метнули копья.

Подняли и сомкнули щиты храбрые Ёженькины братья, защищая сестричку.

Три копья попали в щит старшего брата, два копья – в щит среднего, и одно – в щит самого маленького, того, которому Ёженька рассказывала свои секреты.

Сильно, очень сильно ударили копья.

Но братья выдержали. Даже самый маленький выдержал.

А Злой Художник бьёт своим серым карандашом Чудовище, приказывает:

– Беги и сейчас же растопчи глупую Ёженьку!

Побежало Чудовище.

Остров заколебался под его лапами, как при землетрясении.

Но Ёженька придумала, как победить врага, и шепнула об этом братьям.

Старший Ёж подскочил и ухватился за вершину конфетной пальмы. Средний Ёж повис на ногах старшего брата. А Ёженька и Маленький Ёж уцепились за ноги Среднего.

Согнулась пальма. До самой земли согнулась!

Как лук, согнулась высокая конфетная пальма.

А Пятирог уже совсем близко.

– Беги скорее, а то я тебя резинкой сотру! – подгоняет Злой Художник Чудовище. – Растопчи Ёженьку!

Это он только так похвастался, Злой Художник. Никакой резинкой не сотрёшь то, что нарисовано волшебным карандашом.

– Отпускай! – скомандовала тем временем Ёженька.

Разжали Ёженька и её братья руки, упали на землю.

Пальма разогнулась. «Мишки», шоколадные бомбы, кремовые пирожные, торты полетели навстречу Чудовищу!

А вместе со сладостями полетело и сердце – то, запасное.

Чудовище увидело, какие вкусные вещи летят, и открыло пасть. Оно было хотя и Чудовище, но сластёна.

Проглотило оно сто тортов, тысячу пирожных, десять тысяч конфет и вдруг улыбнулось и сказало Ёженьке:

– Ни за что я тебя не растопчу и не проглочу. Давай будем дружить!

Ведь вместе со сладостями в него влетело сердце. И стало Чудовище доброе и милое.

Протянуло Чудовище Ёженьке лапу. И Ёженька смело протянула ему обе руки и тоже сказала:

– Давай будем дружить!

Всё бы хорошо, но Злой Художник стащил тем временем красный карандаш и нарисовал извержение вулкана.

Всё загрохотало вокруг. Красный дым повалил из жерла вулкана и застлал небо.

Льётся красная кипящая лава.

А Злой Художник радуется.

– Пусть весь остров зальёт, и всё погибнет... – бормочет он про себя.

Уже поток лавы совсем близко, у самых ног Ёженьки и её братьев. Жаром пышет в лицо.

Страшно? Конечно, страшно. Только Ёженька не испугалась. Вот она улыбнулась, шепнула что-то воинам-ежам. Ещё секунда, и повисли Ёженька и её братья на мороженo-пломбирной пальме... Р-раз! – и полетели навстречу лаве три миллиона порций сливочного, шоколадного, лимонного мороженого.

И ещё миллион порций крем-брюле!

Лава, конечно, тут же замёрзла.

Жалко, столько мороженого пропало, но зато – урр-ра! – остров спасён.

А Чудовище тем временем погнало людоедов к самому морю. А там пожалело их и спросило:

– Не будете больше людоедами?

– А мы и не людоеды вовсе. Нас только прозвали так, чтобы страшнее было.

– Воевать больше не будете? – спросило Чудовище.

– Честное слово, не будем!

– Никогда?

– Никогда!

– Тогда идёмте мириться.

И помирились.

И зажили дружно.

А остров с тех пор стал называться Островом Нарисованных Человечков.

Ты посмотри на глобусе и, может быть, найдёшь его. А может быть, и не найдёшь, потому что он очень маленький.

Маленький, но какой красивый, зелёный! Пальмы весело болтают друг с другом.

Из вулкана вытекла вся лава, так что внутри стало хорошо и просторно.

Теперь там школа.

А на стене в школе висит табель, в котором Старший Ёж – он стал учителем – проставляет отметки всем ученикам.

А шапочку Ёженькину, которая вроде короны, носят по очереди все. Кто дежурит по школе, тот и носит. Сегодня дежурит Чудовище.

После уроков Нарисованные Человечки идут купаться в море или катаются на катке, который сделался из замороженной лавы. Замечательный каток!

Ёженька учит кататься Чудовище. Оно не очень-то ловкое, да и нелегко быть ловким, если ты такое громадное. Вот оно упало, всплакнуло было, но лизнуло лёд и сразу утешилось. Лёд-то ведь сладкий, из самого прекрасного мороженого.

А иногда утром, в солнечный денёк, все Человечки стоят на берегу, около своих трёх пальм. Что они ищут глазами? Почему лица у них такие задумчивые, даже грустные? Особенно у Ёженьки. Может быть, они ищут дом за морями и лесами, да ещё за высокой горой, в маленьком городе, на опушке дремучего леса, – дом, в котором они родились и где живёт Добрый Художник?

ЧАСТЬ ВТОРАЯ

Часто-часто стояла Ёженька на берегу Острова Нарисованных Человечков и глядела туда, где за синим океаном в маленьком городке остался её отец – Добрый Художник. Иногда в такие минуты подходило к ней Чудовище, осторожно касалось лапой плеча девочки – надо быть очень осторожным, если лапа весит сто килограммов да ещё если на ней такой острый рог, – и тихонько говорило:

– Что им сделается – твоему доброму отцу и моему злому? Живут-поживают, добра наживают... Пойдём поиграем, а то, когда ты грустишь, моё чудовищное сердце просто разрывается.

Однажды, когда совсем невмоготу стало Ёженьке, она побежала к Маленькому Ежу, уткнулась носом ему в грудь и горько заплакала.

– Не плачь, – сказал Маленький Ёж. – Я переплыву океан и привезу письмо от отца.

– Глупый! – ответила Ёженька. – Океан больше, чем тридцать морей. Ты утонешь, а я умру с горя.

– Тогда давай срубим наши пальмы – конфетную, мороженую и аптечную – и свяжем плот, – сказал Маленький Ёж. – На плоту мы с тобой уж наверняка переплывём океан.

– А что будут делать остальные Человечки? Бывшим людоедам ведь нужно очень много конфет, твои братья так любят мороженое, а Чудовище кашляет по ночам, без аптечной пальмы оно совсем разболеется.

– Ты права, – согласился Маленький Ёж. – Я буду думать, вот и придумаю что-нибудь...

– Думай скорее! – попросила Ёженька.

С того дня Маленький Ёж только и делал, что думал.

Нет, недаром волновалась Ёженька.

Там, в далёком маленьком городке, жил-поживал да добра наживал один только Злой Художник. Видишь, каким он стал толстым и важным.

Он украл у Доброго все волшебные карандаши и сказал ему:

– Ты только балуешься, глупые сказочки рисуешь для глупых детей, а я буду писать БЕШЕНЫЕ БУКВЫ!

ВОТ ПОГОДИ НЕМНОГО, УЗНАЕШЬ, КАКИМИ БЫВАЮТ БУКВЫ, ЕСЛИ ОНИ БЕШЕНЫЕ.

Только вот такой крошечный кусочек волшебного синего карандаша сумел Добрый Художник сохранить и припрятать от брата – на груди: пришил он к рубашке потайной карман.

Украл Злой Художник карандаши и сказал брату:

– Там к тебе звери пришли в гости: мышка, серый заяц и барсук. Во дворе в сараюшке тебя дожидаются, хотят о чём-то совета спросить.

Добрый Художник поверил и пошёл во двор к сараю: он был вообще доверчивый. А Злой тихо, на цыпочках, да за братом.

А когда брат вошёл в тёмный пустой сарай – это Злой всё придумал, что лесные звери пришли к Доброму Художнику за советом, – когда брат вошёл в пустой сарай, Злой Художник – раз! – и закрыл снаружи дверь на щеколду. Да ещё поленом крепко подпёр.

И сказал через дверь:

– Неохота мне на тебя смотреть – не работаешь, скучный... Живи пока тут, в сараюшке-развалюшке. Кормить я тебя не стану. Может, помрёшь, а не то я тебя совсем со двора сгоню.

А потом сказал ещё:

– Моё имя самое хорошее: как услышат «Злой» – все боятся. А у тебя и не имя вовсе, а кличка какая-то – «Добрый». Велю тебя называть наоборот – ЙЫРБОД. Чтобы все забыли само это словечко «добрый».

Была в ту пору лютая стужа. В сараюшке ни щепки, да и печки нет.

Зарылся Добрый Художник в солому, лежит в углу. Слёзы из глаз льются и замерзают на худых щеках.

«Что делать? – думает он. – Что делать? Хоть бы смерть пришла...»

Добрый Художник мёрзнет в сарае, а Злой растопил жаркую печку и рисует волшебными карандашами буквы. Вот на таких дощечках. С виду обыкновенные буквы, а на самом деле они БЕШЕНЫЕ.

ЗНАЕШЬ, КАК РИСУЮТСЯ БЕШЕНЫЕ БУКВЫ?

РИСУЕТСЯ ЗМЕЯ – ЗЛАЯ И СТРАШНАЯ.

Потом жало её – чёрное и ядовитое.

Потом согнётся змея вот так:

или вот так:

Глядишь, и готовы буквы – страшные и ядовитые – словом, БЕШЕНЫЕ.

Пишет Злой на дощечках одно слово – «зззапрещаю». Вот так, с тремя «З».

Одно «З», с которого «злость» начинается, другое «З», с которого начинается «зависть», и третье – змеиное «З».

Развесил он дощечки на самых высоких домах, а в лесу за городом – на самых высоких деревьях. Чтобы все видели.

Прыгали синички-сестрички по оледенелым веткам, перекликались: «Не унывайте, скоро весна!» А прочитали «зззапрещаю» и умолкли: страшно.

И стал лес как мёртвый.

Вышли школьники во двор – поиграть.

Стали в кружок, считают, кому водить. «Раз, два, три, четыре...» А «пять» не сказали. Увидели «зззапрещаю» и разбежались по домам.

И взрослые бегут – скорей, скорей!

В подъезде два старичка шепчутся.

Один говорит:

– Сколько живу, всякое видел, а так плохо в нашем городе не бывало.

– Да, – отвечает другой старичок. – Надо бы к Доброму Художнику сходить, он бы уж что-нибудь присоветовал.

– Надо бы, – кивнул первый старичок. – Да слух идёт, вовсе и нет бедного Доброго Художника, извёл его брат, а есть какой-то Йырбод – даже и не выговоришь.

Покачали старички головой, поохали, повздыхали и тоже спрятались в своих домах.

И стал город как мёртвый.

Повечерело. Задремал Добрый Художник, а тут дверь сарая скрипнула и скрипит, скрипит...

Открыл он глаза и видит: дверь приоткрылась и в сарай забралось что-то – не поймёшь что.

Похоже на куст, тоненькие веточки торчат во все стороны. На одной веточке – яблоко, румяное, наливное, на другой – вишни, а на этих и вовсе белые грибы! И ещё на ветках сухие хворостинки. Забралось это не поймёшь что в сарай и бежит по полу, прямо к углу, где лежит на соломе Художник.

Только и слышно: топ-топ-топ... И ещё: «Пф-пф-пф...»

«Если это яблонька, – думает Художник, – то почему на ней вишни? А если это вишня и яблоня, то откуда на ней грибы? И где это видано, где это слыхано, чтобы яблоня, и вишня, и белый гриб ходили – ногами топали и дышали: «Пф-пф-пф...»? Нигде не видано! Может быть, это сон? Или это сама смерть?..»

Подумал так Добрый Художник и спрашивает:

– Отвечай, кто ты такой, куст ходячий? Или ты сон? Или ты смерть – за мной, Йырбодом, пришла?

– Никакая я не смерть, – обиделся Ёж-ежище – Чёрный носище. (Это был он.) – Стыдно старых друзей не узнавать. И никакой ты не Йырбод, а самый обыкновенный Добрый Художник. Узнали звери и птицы, что ты приболел, послали меня проведать тебя и гостинцы отнести. Вишни синички-сестрички прислали, яблоко – серый заяц с барсуком, а грибы я сам под снегом раскопал.

Обрадовался Добрый Художник. То пластом лежал, а сейчас чуть не пляшет.

Ёж-ежище тем временем сложил хворостинки на полу и разжёг костёр.

Ох как тепло стало!

Поджарил Ёж-ежище грибы вкусно-превкусно.

Съел Художник жареные грибы, яблоком и вишнями закусил – сил прибавилось.

– Давай думать, как дальше жить, – говорит Ёж-ежище. – У тебя что, волшебных карандашей совсем не осталось?

Вынул Художник из заветного кармана кусочек синего карандаша и отвечает:

– Больше ничего нет.

– Для начала хватит, – говорит Ёж-ежище. – Нарисуй-ка ты курицу. Я бульон на завтра сварю. Бульон очень полезен.

– Как же мне нарисовать курицу? Ведь синих кур не бывает.

– Тогда нарисуй-ка ты, нарисуй-ка... Ага, знаю, нарисуй-ка килограмм ветчинки. Только чтобы жира поменьше: жирное больному вредно.

– Так ведь и ветчина синяя не бывает.

Огорчился Ёж-ежище, чуть не плачет.

Спрашивает:

– Что же бывает синее?

Долго думал Добрый Художник и надумал:

– Сливы!

– Вот и хорошо. Нарисуй десятка два слив, я компот сварю. Компот для больного и слабого лучше всего.

– Нет, – отвечает Добрый, – раньше я должен написать письмо доченьке.

Сказал и написал синим волшебным карандашом на листке бумаги:

> «Милая Ёженька! Тут у нас появились бешеные буквы, и стало очень плохо. Я по тебе ужасно соскучился. Пожалуйста, приезжай поскорее, хоть ненадолго. Только не одна приезжай, а с храбрыми воинами-ежами. Они тебя в обиду не дадут.
>
> Твой отец».

Написал он письмо и нарисовал синим карандашом бутылку. Ведь всем известно, что на необитаемые острова и с необитаемых островов письма отправляют в бутылках: почтальонов там нет.

И пририсовал он к этой синей Волшебной Бутылке хвост и плавники, чтобы она могла плыть.

И два синих-пресиних глаза, чтобы она видела, куда плывёт.

Вот и получилась бутылка не бутылка и рыба не рыба – Рыба-Бутылка.

А тут как раз карандаш кончился: на сливы и не хватило.

Положил Добрый письмо в бутылку и сказал Ежу-ежищу:

– Отнеси, пожалуйста, Рыбу-Бутылку к синему морю. Опусти её в синие волны, она и поплывёт куда нужно.

– Хорошо! – сказал Ёж-ежище – Чёрный носище, взял Рыбу-Бутылку и пошёл к морю.

Идёт он через лес дремучий – топ-топ-топ, а навстречу выползла из норы Змея-Удав.

– Что это ты несёш-шь, Ёж-ежищщщще? – шшшшшшшшипит Змея-Удав.

– Это секрет, – отвечает Ёж-ежище. – Тебе, злой Змее, я секрета ни за что не расскажу.

– Шшш-шшшш-шшутишь ты, что ли? Вовсе я не Змея, а добренький-предобренький Ужж-ж-жик. Собрался в гости к серенькому Зайчишке, вот и вырядился в костюмчик из змеиной шшшшкурки, чтобы красивее быть.

– А чего же ты шипишь, если ты Уж, а не Змея?

– Жжжуб у меня болит – терпежжжу нет, оттого и шшшшшиплю... Расскажи мне скорей секрет, а я побегу к Доктору Дятлу, он жжжуб вылечит!

Поверил Ёж-ежище Змее-Удаву и рассказал секрет.

Змея сразу поползла к Злому Художнику и передала ему всё – про Волшебную Рыбу-Бутылку и про письмо Доброго Художника.

Ужасно рассердился Злой. Нарисовал он огромную Акулу. И сказал ей:

– Будешь плавать по морю-океану, пока не проглотишь Волшебную Рыбу-Бутылку.

И забросил Акулу в море.

И нарисовал ещё вот такого Коршуна и сказал ему:

– Будешь летать над синим океаном, пока Акула не проглотит Рыбу-Бутылку. А если не исполнит она моего приказа, выклюешь ей глаза.

Выпустил Коршуна в небо.

Потом подошёл к сараюшке, где его добрый брат жил, и через дверь сказал брату:

– За то, что ты Ёженьке письмо послал, сидеть тебе здесь десять дней и десять ночей. А потом я казню тебя. И вместе с тобой казню Ёженьку со всеми Нарисованными Человечками и Ежа-ежища – Чёрный носище с его ёжиками тоже казню. И никто на свете не узнает, что был такой Добрый Художник.

Сказал всё это Злой и позвал букву «Ч». Велел ей сторожить брата.

Вот она стоит, меч в руке – чёрствая, чужая.

Вернулся Злой в дом и стал писать письма: Кощею Бессмертному и Змею Горынычу, старым своим дружкам, и всем, всем злым людям и злым зверям на свете.

Пишет он:

> «Злобные Злые Злыдни!!!
>
> Через десять дней и десять ночей казню я моего брата, Доброго Художника, и Ёженьку, и всех Нарисованных Человечков, и Ежа-ежища с его Ежатами. Казню синичек и других птичек. А после будет пир. И гостям хватит вкусной человечинки. Приезжайте скорее, Злобные Вы Мои Злыдни.
>
> Ваш друг Злой Художник».

Тем временем на Острове Нарисованных Человечков окончились в школе уроки, все разбрелись кто куда, а Ёженька с Чудовищем играют в классы.

– Твоя очередь! – сказала Ёженька.

Приготовилось Чудовище прыгать и вдруг видит: над островом летит Ястреб, в кривом его клюве Мышка.

– Ой, ой, ой! Спасите! – пищит Мышка. – Ай, ай, ай! Помогите!

Чудовище подняло камень и швырнуло в Ястреба. Ястреб вскрикнул от боли, клюв у него разжался, и Мышка упала к ногам Чудовища. Глаза зажмурила, дрожит от страха:

– Бо-бо-бо-юсь!

– Успокойся! – говорит Чудовище. – Ястреба и след простыл.

Мышка один глаз приоткрыла, потом другой, взглянула на небо и запищала:

– Эх, помешал ты мне! Я как раз собиралась его правой передней лапой ударить. Конец бы негоднику.

Качает Чудовище головой, улыбается.

– Ты чего зубы скалишь? – пищит Мышка. – Я ведь не обыкновенная мышка-норушка. В зоопарке вместе со слоном жила. На клетке так и было написано: «Большая Слоновая Мышь» и «Малый Мышиный Слон».

– А какой он – слон? – спросило Чудовище, которое было любопытным.

– Обыкновенное глупое чудовище, как ты, только рогов нет.

– Ты его боялась?

– Я-то?! Это он от меня по всей клетке бегал. Думал, я – лев. Не видит, дурачок, что у меня и гривы-то нет. Потом осмотрелся, привык. Ходил за мной, как собачка: «Расскажи да расскажи...»

– Что ж ты ему рассказывала?

– Разное. Звери по клеткам, а мне сам директор сказал: «Раз ты не кто-нибудь, а Большая Слоновая Мышь, гуляй по городу сколько хочешь». Придёшь, бывало, в библиотеку, тебе сразу тащат «Слоновую газету», и «Львиную газету», и «Мышиную газету». Вычитала, что один слон на берегу реки Конго с корнем вырвал сто кокосовых пальм. Рассказала моему слонишке-дурачишке. Он как засмеётся: «Это, ха-ха-ха, дядюшка Бумба! Обиделся дядюшка на тётушку, что она не так приготовила салат из стволов баобаба, вот и бушует». А другой раз в «Слоновой газете» напечатали, что в Африке все реки вышли из берегов и затопили все деревни, а слониха ходила по горло в воде и спасала негритят. Мой слонишка как поднимет хобот да как затрубит: «Ту-ту-ту! Слушайте все, все звери и люди, какая она храбрая и лучшая на свете, моя тётушка слониха Тумба... Ту-ту-ту!..»

Так беседовало Чудовище с Большой Слоновой Мышью.

А Добрый Художник сидел в тёмном, холодном сарае.

– Скажи, пожалуйста, сколько дней прошло и сколько ещё осталось до казни? – спрашивал он иногда букву «Ч», которая с мечом в руке стояла у двери.

А чёрствая буква «Ч» отвечала:

– Не люблю ни-ко-го и не скажу ни-че-го!

А Волшебная Рыба-Бутылка знай плывёт по волнам, по морям, хвостиком помахивает, гребёт плавниками да ещё песенку поёт:

– Я Волшебная Бутылка,
Да-да-да!
И не страшны мне ни горе,
Ни беда!

Выпрыгнула из волны, как летучая рыба, огляделась по сторонам и снова запела тоненьким голоском:

– Я Волшебная Бутылка,
Ти-ри-рам!
И плыву, плыву, плыву
На страх врагам!

Плывёт Рыба-Бутылка, плывёт и вдруг видит: среди моря – земля. На земле – жёлтая пустыня, голубое озеро и зелёная пальмовая роща.

Бегемоты купаются в озере, носороги лежат на песочке в пустыне, лапы вверх подняли – загорают, слоны забрались в пальмовую рощу, где тень, хоботами покачивают, беседуют.

Рыба-Бутылка подплыла к земле и закричала:

– Звери, звери, скажите скорее, где Остров Нарисованных Человечков?

Звери услышали и вышли на берег.

– Если ты злая Акула, мы тебе не покажем дороги, – сказал мудрый Главный Носорог.

– Я не злая Акула, – ответила Рыба-Бутылка и выскочила из волны, чтобы все увидели, что она действительно не Акула.

– Мы тебе верим, – сказал мудрый Главный Носорог. – Плыви два дня прямо, а потом день направо,

а потом день налево и приплывёшь к Острову Настоящих Вулканов. Спроси их, как плыть дальше, они тебе расскажут.

– Ту-туу-туууу! – покачав хоботом, затрубила слониха Тумба. – Плыви и не сбейся с дороги. Но когда ты будешь плыть прямо, и когда ты будешь плыть направо, и когда ты будешь плыть налево, помни: БУДЬ ОСТОРОЖНА. По твоим следам плывёт злая Акула, смотри не попадись ей в зубы!

– Спасибо! – ответила Рыба-Бутылка и поплыла.

Плывёт она день – тихо-тихо, осторожно-осторожно, – а на второй день стало ей скучно, она и запела во весь голос:

– Я Волшебная Бутылка,
Тим-по-по!
И несу-несу-несу
Волшебное письмо...

Акула сразу услыхала Бутылкину песенку.

– Тебя-то мне и нужно, глупая болтунья, – сама себе сказала Акула, догнала Рыбу-Бутылку – ам! – и проглотила!

БЕДНЫЙ, БЕДНЫЙ ДОБРЫЙ ХУДОЖНИК, НИЧЕГО НЕ УЗНАЮТ О ТЕБЕ ЁЖЕНЬКА И ЕЁ БРАТЬЯ

ВОИНЫ-ЕЖИ. НИКТО НЕ СПАСЁТ ТЕБЯ... А МОЖЕТ БЫТЬ, ВСЁ-ТАКИ КТО-НИБУДЬ ПРИДЁТ ТЕБЕ НА ПОМОЩЬ?!

Летит Коршун. Увидел сверху Акулу и кричит ей:

– Ну как, догнала Рыбу-Бутылку?

– Догнала!

– И проглотила?

– Проглотила!

– Твоё счастье, а то бы я тебе глаза выклевал. Ну, отдыхай, а я полечу к хозяину, доложу, что и как.

«В самом деле, надо поспать», – подумала Акула и зевнула во всё акулье горло.

Рыба-Бутылка ка-а-ак выскочит из её горла и мимо острых акульих зубов – в открытое море.

Акула и не заметила – лежит на волнах, похрапывает.

Рыба-Бутылка плывёт, торопится.

Тихо плывёт – умная стала.

Прямо плыла два дня, потом день направо и день налево. И увидела Остров Вулканов, не нарисованных вулканов, а самых настоящих.

Дышат огнём и чёрным дымом Вулканы. Швыряют в небо камни – бам-бам-бамм-бамм-трам-тарарам!

Услышали Вулканы от синичек, которые летели мимо, что Добрый Художник в тюрьме, ждёт казни, а по морю-оксану рыщет злая Акула, вот и рассердились.

– Сейчас мы зальём огненной лавой океан! – хрипят могучие Вулканы. – Вода вскипит, и Акула сварится. Так ей и надо! Но что, если вместе с ней погибнет и могучий Кит, и мудрый Дельфин, и храбрая Рыба-Меч? Как быть?.. Как быть?! Бам-бамм-бамм!

Тем временем Рыба-Бутылка подплыла к берегу.

– Покажите, пожалуйста, дорогу к Острову Нарисованных Человечков, – тоненьким голоском вежливо попросила она. – Я не злая Акула, а Рыба-Бутылка. И меня нарисовал Добрый Художник, как Ёженьку и воинов-ежей.

Посмотрели Вулканы и видят: это и вправду не акула.

Затихли они, успокоились.

– Мы покажем тебе дорогу, – прогремел Старый Вулкан. – Сейчас я брошу эту чёрную гору на самый край океана. Гляди на неё и плыви, никуда не сворачивай. Обогнёшь гору, покажется земля, а там три пальмы и друг мой – Погасший Нарисованный Вулкан – это и есть Остров Нарисованных Человечков.

Собрался Старый Вулкан с силами и швырнул чёрную гору далеко-далеко.

Видишь – даже горизонт прогнулся.

Проплыла Рыба-Бутылка мимо чёрной горы и увидела Остров.

Синички-сестрички уже рассказали Человечкам про Рыбу-Бутылку. Стоят они на берегу, машут руками и кричат «Урррa!».

Рыба-Бутылка передала Ёженьке письмо и сказала:

– Перебирайтесь ко мне на спину – только по очереди, осторожно! Поплывём скорее, а то ведь Злой грозится через три дня казнить нашего отца!

Стали Человечки в очередь, а Чудовище замешкалось и оказалось самым последним – оно ведь большое да неловкое.

Ёженька и Маленький Ёж забрались на Рыбу-Бутылку, и больше места не осталось.

– Ничего, – сказала Рыба-Бутылка. – Я Волшебная – раздуюсь!

Понатужилась и раздулась, как обещала.

Теперь и Средний Ёж, и Старший Ёж поместились на её спине.

– А мы-то как же?! – кричат бывшие людоеды. – Ни за что на свете не останемся без Ёженьки!

Вздохнула, тяжело вздохнула Рыба-Бутылка.

– Ну что ж, – говорит, – хоть и ужасно трудно это, постараюсь ещё раздуться.

И постаралась! И раздулась!

Теперь и бывшие людоеды сидят на Рыбе-Бутылке, ногами в воде болтают: как говорится, в тесноте, да не в обиде.

– Раздуйся, раздуйся, раздуйся ещё, милая, дорогая Рыба-Бутылка! – молит Чудовище.

Рыба-Бутылка и сама чуть не плачет – жалко. Но разве может маленькая бутылка – пусть хоть и волшебная – раздуться так, чтобы на ней поместилось Чудовище?!

Спрыгнула в последнюю секунду Ёженька на берег, обняла Чудовище, поцеловала в нос и скорее обратно.

– Пожалуйста, вперёд! – командует она.

Ударила Рыба-Бутылка плавниками, пенный след остался за её хвостом.

Сидит Чудовище на берегу опустевшего Острова и сквозь слёзы смотрит на океан, где только волны с белыми гребешками.

– Совсем, совсем я осталось одно... – прошептало Чудовище. – И никому, никому на свете я не нужно!..

– Как же так «совсем одно» и почему это «никому не нужно»? – пискнула Мышь, вспрыгнула на Чудовище и похлопала его по плечу лапкой. – Не горюй, с тобой я, сама Большая Слоновая Мышь. Мы ещё такое придумаем, все на свете удивятся!

ПОГОДИМ НЕМНОГО, ВОТ И УЗНАЕМ, ПРИДУМАЮТ ЛИ ОНИ, БОЛЬШАЯ СЛОНОВАЯ МЫШЬ И ЧУДОВИЩЕ ПЯТИРОГ, ТАКОЕ, ЧТО ВСЕ НА СВЕТЕ УДИВЯТСЯ.

Плывёт Рыба-Бутылка, торопится. Теперь она песенок не поёт – дыхания не хватает: легко ли нести на спине Ёженьку, да ещё всех воинов-ежей, да ещё всех бывших людоедов?

Нет, не легко.

Страшная буря поднялась в океане. Волны белыми своими языками слизывали звёзды, которые ближе к земле. Сто кораблей разбилось в щепки; тысяча кораблей спряталась в бухтах.

А Рыба-Бутылка плывёт без отдыха: ведь только два дня осталось до чёрного того часа, когда Злой пригрозился убить любимого их отца.

КТО ЗНАЕТ, МОЖЕТ БЫТЬ, ЭТО ЗЛОЙ ХУДОЖНИК ПОДНЯЛ ТАКУЮ НИКОГДА НЕ ВИДАННУЮ БУРЮ, ЧТОБЫ ПОТОПИТЬ РЫБУ-БУТЫЛКУ?

Торопится Рыба-Бутылка.

Человечки держатся за руки и поют во весь голос:

– Плывем сквозь волны в те края,
Края родные,
Чтобы спасти, спасти отца
От тех, кто злые!

Вот уже вдали показался берег. А на берегу – город. На краю города, около дремучего леса, тот самый домик, где родилась Ёженька.

Рядом с домиком сараюшка-развалюшка. Там заперт Добрый Художник; ждёт он своего часа, а чёрствая буква «Ч» с мечом в руке стережёт его.

Сдержалась Ёженька, не стала плакать, только ещё громче запела.

Может быть, отец услышит её голос и поймёт, что дети его близко.

Рыба-Бутылка пристала к берегу. Ёженька, а за ней воины-ежи и воины – бывшие людоеды соскочили на землю.

Навстречу Нарисованным Человечкам спешила армия Бешеных букв.

Впереди буква «К»: у неё даже зубы выросли – такая она кровожадная.

– Убирайтесь, пока живы! – заорали Бешеные буквы.

– Освободите прежде нашего отца! – ответила Ёженька.

– Не освободим! – сказала свирепая буква «С». – Не уйдёте – будем воевать!

– Хорошо, будем воевать, – ответила Ёженька, а про себя подумала: «Трудно без Чудовища – ведь Бешеных букв с ядовитыми жалами в пять раз больше, чем нас!»

– В бой! Уничтожим Нарисованных Человечков! – скомандовала кровавая буква «К».

Но Ёженька громко крикнула:

– Так не по-честному, не по-честному! Давайте считаться – кому начинать войну.

И буква «П», хотя и бешеная, но немного правдивая, тоже сказала:

– Да, так не по-честному. Будем считаться.

Чудовище тем временем сидело на берегу опустевшего Острова под Конфетной Пальмой рядом с Большой Слоновой Мышью. Мышь знай грызёт орехи в меду, которые падают с пальмы, а Чудовище всё смотрит в дальнюю далёкую даль и тоскует.

С тех пор как Ёженька уплыла, не спит оно, не ест и вот каким стало – можно все рёбра пересчитать.

– Ума не приложу, как тебе помочь, – сказала Мышь. – Было бы ты слоном, я бы тебе посоветовала: иди по дну океана, хобот поднимешь и дыши через него. Так у тебя ведь и хобота нет – такое ты несуразное уродилось...

Пригорюнилась Мышь, а потом как пискнет:

– Ага! Придумала! – даже лапками захлопала от радости.

– Что, что ты придумала?

Осмотрелось Чудовище, а Мышки нет. Испугалось оно, взглянуло на небо: может быть, Ястреб снова унёс бедняжку? И Ястреба не видать.

– И ты меня покинула, Мышенька! – заплакало Чудовище.

– И не думала я тебя, дурачка, бросать! – отозвалась Мышь из-под земли...

– Вот она где я! – через минуту пискнула Мышь; голос её прозвучал уже не из-под земли, а откуда-то между небом и землёй...

– Выше голову! – пискнула она ещё через несколько минут, и Чудовище увидело Мышь на самой верхушке Конфетной Пальмы.

– Как ты там очутилась? – спросило оно, ужасно удивлённое.

– Подрылась к корням и прогрызла ход по серединке ствола.

– Но ведь Пальме больно! – воскликнуло Чудовище.

– Не забывай, что перед тобой не мышка-норушка, а сама Большая Слоново-Пальмовая Мышь! Я-то знаю, как прогрызать ход в пальме, чтобы ничего не повредить... Ну, хватит болтать. Вырывай пальму с корнем! Слушайся старших, иначе не видать тебе Ёженьки... Так! Надвинь пальму покрепче на нос! Дыши через ствол! Дышишь?

– Ага! – глухо отозвалось Чудовище.

– Прекрасная картина, скажу я тебе! Жаль, что ты не видишь самого себя... Ну ладно, марш в океан!

– На дне темно и страшно... Я не найду дороги.

– Что ж... Если ты очень попросишь... И если ты сорвёшь вот это кремовое пирожное с Пальмы... и кусочек орехового тортика... Когда так много думаешь, без орехового торта не обойтись... И это миндальное печенье... Ну что ж, пожалуй, я соглашусь отправиться с тобой и командовать.

– А ты умеешь?

– Что тут особенного, если ты не кто-нибудь, а Большая Слоново-Пальмовая Мышь-Капитан?! И если у тебя на голове во-о-от такая настоящая морская фуражка с золотым капитанским гербом. И если ты умеешь стоять на капитанском мостике в самую страшную бурю и пищать в переговорную трубку: «Полный вперёд, пустой – наоборот!.. Право руля, лево тру-ля-ля!.. Тысяча дьяволов и один серый кот!» – и всякие другие морские капитанские команды...

– Но почему-то... я не вижу на тебе капитанской фуражки, – робко возразило Чудовище, изо всех сил протирая лапами глаза.

– Что поделаешь, мерзкий растяпа Ястреб все мои вещи уронил в океан; доверяй после этого людям, зверям и птицам... Но ведь можно командовать и без фуражки. Мы, мыши, а особенно Большие Слоново-Пальмовые Мыши-Капитаны, всегда считали, что важнее не то, что на голове, а то, что в голове. Согласно, Чудовище?

– Согласно! Согласно!

– Тогда смело в путь! Слушать мою команду! – пискнула Мышь. – Полный вперёд!

В океане теперь творилось такое, чего ещё никогда и никто не видел!

Чудовище шагало по дну, а на поверхности океана, разрезая волны, скользила высокая красивая зелёная Пальма.

– Фьють-фьють!.. Тиу-тиу-тиу!.. Чок-чок-чок!.. Ходячая пальма, плавучая пальма! – кричали птицы.

Пальме пришлось по вкусу, что кругом столько воды: ведь на Острове дожди выпадали редко. Она пила всеми своими корнями, весело шумела листьями и роняла в океан конфеты.

Она бросала в волны ириски и тянучки, леденцы зелёные, синие, жёлтые, шоколадные конфеты с кремовой и марципановой начинкой и с начинкой ромовой, розовый и белый зефир, сливочные и шоколадные помадки, пригоршни яблочного мармелада...

Рыбы-дети узнали, что вот такое чудо плывёт по океану и дарит конфеты – ешь сколько влезет. А ведь они никогда и не видели конфет, только знали из рыбьих книг и сказок, какая это самая вкусная штука на свете.

И рыбы-дети, и морские зверята вместе с мамами и папами из всех морей и от всех берегов океана что было духу поплыли к конфетной пальме. Моря в одно мгновение опустели; рыбаки, вытащив невод, покачивали головой, не могли взять в толк, что же такое приключилось.

Конфетная Пальма бросала и бросала орехи в меду, клюкву в сахаре, конфеты «Раковая шейка» и «Мишка», монпансье, халву, карамель «Птичье молоко», «Прозрачную» и «Угадай-ка». Даже вода в океане вокруг пальмы стала не солёная, а сладкая.

Дельфинята, китята, осетрята, медузята, белужата, морские ежата, меч-рыбята и другие рыбьи ребята плыли за конфетной пальмой; собралось их столько, что воды не видно. Куда ни взглянешь – раскрытые рты.

Летучие рыбята ловили розовый и белый зефир прямо в воздухе. Двое сельдят-одноклассников, которые всегда ссорились, схватили сливочную тянучку и поплыли в разные стороны. Тянучка возьми и притяни их друг к другу.

– Ничего не поделаешь, будем дружить, – сказал старший сельдёнок. И они вместе съели эту волшебную тянучку и с тех пор всегда всем делились.

Птицы летели в дальние северные страны и в дальние южные страны и везде рассказывали о чудесной конфетной пальме, которая плывёт по океану.

Белые медвежата, тюленята, моржата, морские зайчата, пингвинята обыкновенные и пингвинята – дети королевских пингвинов сошли с ледяных берегов и поплыли поскорее.

Нагрянули утром охотники на котиковые лежбища, а там ни котиков-пап, ни котиков-мам, ни котиков-детей.

Толстая мама-тюлениха едва поспевала за своими детками и на ходу говорила:

– Много конфет не ешьте – от сладкого испортятся зубки и заболит животик!

А Большая Слоново-Пальмовая Мышь-Капитан стояла на вершине дерева между зелёных листьев и командовала:

– Право руля! Тысяча морских дьяволов и один серый кот!

Чудовище шло и шло по дну океана. Оно чувствовало, что Ёженька с каждым шагом всё ближе, и сил у него прибавлялось.

Вот и Остров Настоящих Вулканов показался.

– Куда ты спешишь, о шагающая по волнам прекрасная Королева Пальм? – прогрохотал Старый Вулкан. – Я догадался, кто ты, потому что лишь у Королевы может быть такая летающая и плавающая свита – медведи и тюлени, рыбы и птицы.

– Мы идём на помощь Ёженьке, – отозвалась из зелёной пальмовой кроны Мышь.

– Счастливого пути! И поторопись, о могучее королевское дерево с писклывым голосом. Жерло моё кипит от тревоги за Доброго Художника и его детей.

– Полный вперёд! Самый полный! – пискнула Мышь.

Чудовище побежало так быстро, так сильно топоча, что дно океана заколебалось под его лапами.

А ТЕМ ВРЕМЕНЕМ...

Тем временем Нарисованные Человечки вместе с Бешеными буквами стали в круг и принялись считаться: кому первым начинать войну.

Сначала посчитались Ёженькиной считалкой.

Вышло начинать Нарисованным Человечкам.

Потом посчитались злой считалкой.

И опять вышло – начинать Человечкам.

– Война – завтра утром! – сказала Ёженька. – Спокойной ночи!

Ничего не ответили Бешеные буквы.

Ёженька, и воины-ежи, и воины – бывшие людоеды отошли, улеглись на песочке около прибрежной скалы и уснули.

Они ведь очень устали после такого трудного плавания.

Рыба-Бутылка покачалась на волнах и тоже уснула. Тихо стало, темно...

А как только стало тихо и темно, зашептались, зашипели Бешеные буквы:

– Пошшшшшлём шшшшшшпионов... Пусть шшшпионы пережжжжжалят Ёжжжженьку и её воинов, пока те спят...

…Шшшшшуршат, ползут по песку шшшпионы-змеи. Ничего не слышат Человечки – так крепко они уснули.

Вот уже шпионы-змеи пережалили всех воинов – бывших людоедов. И ужалили Среднего Ежа.

– Тревога! – успел вскрикнуть Старший Ёж, когда его жалили змеи.

Ёженька и Маленький Ёж вскочили на ноги и пиками отогнали змей.

Только они двое и остались в живых, да ещё Рыба-Бутылка.

Взглянула Ёженька на звёзды в ночном небе и тихо спросила:

– Что нам делать, звёздочки?

Не ответили звёзды, замигали, сгоняя с глаз слёзы.

– Что нам делать? – спросила Ёженька у серебряной луны.

Спряталась за тучи луна, ничего не ответила.

– Что нам делать? – спросила Ёженька у океана, который тревожно шумел у её ног.

– Садитесь на Рыбу-Бутылку, и я унесу вас отсюда, пока не поздно, – пророкотал океан.

– Разве ты не знаешь? Если мы уплывём, завтра казнят отца! – ответила Ёженька.

– Тебе всё равно не спасти его, – вздохнул океан.

– Пусть нас только двое, мы не оставим отца.

Сказав это, Ёженька обняла Маленького Ежа, и они пообещали друг другу: если придётся – умереть, но не отступить.

А небо светлело, и стало видно, как строятся Бешеные буквы. Слышно стало, как буква «Б» бьёт, барабанит в барабан, а кровавая буква «К» командует:

– Ать-два!.. Ать-два! Вперёд, на Ёженьку!..

В последний раз обратился Добрый Художник к букве «Ч», которая с мечом в руке стояла у дверей сараюшки-развалюшки – его тюрьмы:

– Отпусти меня на волю! Слышишь барабан?! Бешеные буквы идут воевать с Ёженькой и Маленьким Ежом. Без меня дети погибнут. Вспомни, что ты не чужая, не чёрствая буква, а чистая, человечная. Отпусти меня на волю, чтобы я помог Ёженьке!

– И чччеловек бывает ччччёрствым и ччччужим, – с трудом выговаривая слова, сказала мрачная, молчаливая буква «Ч».

– Нет, нет, тот, кто стал чёрствым и для всех чужим, – уже не человек!

Задумалась буква «Ч».

И, подумав, как ещё ни разу в жизни не думала, опустила она свой меч, раскрыла дверь сараюшки-тюрьмы и тихо сказала:

– Ты прав, добрый ччччеловек. Пусть будет по-твоему...

Памм-пампампам-памм... – бьёт, барабанит барабан.

Поднялась Ёженька вместе с Маленьким Ежом на скалу, вложили они стрелы в луки и ждут врага.

– Ать-два... Ать-два! – командует кровавая буква «К».

Идут, ползут Бешеные буквы.

Выстрелили Ёженька и Маленький Ёж из луков. Хорошо прицелились, метко выстрелили, но стрелы не пробили вражеских железных щитов.

Метнули они копья; копья сломались, ударившись о железо.

Тихо, страшно, только слышится – памм-пампампам-памм – бой барабанов да шуршание шпионов-змей.

Вот уже Бешеные у подножия скалы.

– Сдавайтесь! – крикнула «К».

– Ни за что! – ответила Ёженька.

– Лучше мы бросимся со скалы и разобьёмся! – сказал Маленький Ёж.

Ползут по склону скалы Бешеные буквы. Со всех сторон ползут...

Но что это?! Взбаламутился океан, затряслась земля, расступились волны, и на берег выскочило Чудовище Пятирог.

Ах, как вовремя оно подоспело, милое Чудовище, – в самую распоследнюю секунду!

Оно выскочило на берег, отряхнулось, улыбнулось Ёженьке и бросилось на Бешеные буквы. Справа от него выскочили из океана белые медведи с белыми медвежатами. А слева – тюлени с тюленятами, моржи с моржатами, котики со своими котятами. И все они тоже отряхнулись, улыбнулись Ёженьке и бросились на врага.

Вот какая грозная армия!

Испугались Бешеные и побежали что было мочи.

– Всё равно догоню и растопчу! – заревело Чудовище.

Очень уж оно переволновалось за Ёженьку и рассердилось; и добрый может рассердиться.

– Стойте! – раздался вдруг голос Доброго Художника.

Все послушались и остановились.

А Художник подбежал к Чудовищу, погладил его и, обернувшись к Бешеным, сказал:

– Ведь главное, что вы – буквы! А то, что вас сделали бешеными, забудьте, забудьте! «К», оставь коварство и кровожадность, ты ведь кроткая, красивая. Милая «М», ты – буква матерей и младенцев, всех маленьких и милых, игрушечных мишек и матрёшек, всех молодых и мудрых. А ты, «Л», – буква ласковых, любимых и любящих. Зачем вам воевать с детьми?!

Задумалась, поникла головой «М»; отошла в сторонку «Л».

– А я злая, зловредная, завистливая, змеиная буква и всё равно буду жжжжалить, потому что у меня ядовитое змеиное жжжжало, – прошипела «З».

– Неправда! – сказал Художник. – Ты, «З», только притворяешься злой, а на самом деле ты заботливая, и звериная – а звери добрые, – и зелёная, как деревья и трава.

И только Художник сказал это, прилетел Доктор Дятел, разложил на столике под деревом щипцы, шприцы, козьи ножки и всякие другие штуки, которыми рвут больные зубы, и вывесил на стволе сосны объявление:

Выстроилась змеиная очередь.

Скоро не стало в здешних местах ядовитых змей.

Только одна самая вредная Змея не захотела отдать ядовитое жало. Поползла она к Злому Художнику, приползла и зашипела:

– Мы побежжждены!..

«Надо бежать», – решил Злой Художник; он ведь был злой да трусливый. И побежал что было мочи.

Продирается он сквозь колючие кустарники, с кочки на кочку перепрыгивает, карабкается через горы и скалы.

А за ним ползёт Змея.

Совсем они выбились из сил и вдруг видят – среди дремучего бора избушка на курьих ножках. На пороге сама Баба-яга.

– Спаси нас, кума! – взмолился Злой Художник.

– Хи-хи-хи, я битым не спасительница, – ответила Баба-яга. – Это добрые да глупые любят несчастненьких. И больше не кума я вам, дуракам, а хозяйка. Будешь ты, Злой, воду мне таскать, печь топить и щи варить. А сам будешь под лавкой спать да кости глодать. А тебя, Змея, я на цепь посажу, вместо собаки; собака-то сбежала, не захотела мне служить.

– А если я опять в силу войду? – спросил Злой.

– Если бы да кабы... тогда другой разговор. А теперь – марш в лес! Чтобы к вечеру сто вязанок дров принёс!..

А Коршун тем временем опустился на землю около Доброго Художника и сказал:

– Ужасно надоело быть злой птицей Коршуном. Пожалуйста, прими меня к себе в дети!

– Хорошо! – согласился Художник. – Только слетай сначала в Далёкие горы, зачерпни из родников ведёрко мёртвой воды и ведёрко живой воды!

Коршун послушался, полетел в Далёкие горы и принёс живую и мёртвую воду.

Опрыснул Художник сперва мёртвой водой, а после живой всех бывших людоедов, Среднего Ежа и Старшего Ежа, которые лежали около скалы, где их ужалили змеи.

Старший Ёж открыл глаза, потянулся, поднялся на ноги и сказал:

– Ах, как долго я спал!

А за ним открыли глаза, потянулись и встали все другие Человечки. И тогда... Вот тогда-то Художник объявил:

– Завтра пир на весь мир!

Была лютая зима, а тут растаял снег, зазеленела трава, распустились листья на деревьях и расцвели цветы.

Собрали Человечки со всего города столы и поставили их один к одному от дома, где жил Художник, через лес и до океана, и в океане тоже, чтобы и рыбы и рыбьи ребята могли быть на пиру.

Откуда ни возьмись, появились пауки и соткали вот такую – серебряную и золотую – скатерть на весь стол.

Вырыли яму и посадили Конфетную Пальму. Она сразу зашумела листьями:

– В океане хорошо и тут прекрасно, мне везде нравится!

Такая славная пальма.

Шумит Пальма листьями и без счёта роняет на праздничный стол конфеты – одна вкуснее другой.

И созрели на ней бутылочки с ананасно-клубничной шипучей водой и с апельсиновым лимонадом.

Муравьи разнесли по столу семена цветов, и в один миг выросли колокольчики с большими синими чашечками цветов, чтобы было из чего пить взрослым, а для детей, зверят и рыбят распустились чашечки ландышей.

Когда стол был накрыт и гости расселись каждый на своём месте, Добрый Художник сказал:

– Если бы не Ёж-ежище – Чёрный носище, не было бы Ёженьки и всех других Человечков. Да и я не дожил бы до этого часа, а умер бы от голода и холода. Крикнем «ура!» в честь Ежа-ежища и попросим его рассказать нам что-нибудь про себя.

Все крикнули или заревели – кто как привык – «Ура!», а Большая Слоново-Пальмовая Мышь-Капитан тихонько пропищала:

– Если КОГО-ТО превозносят, будто он невесть кто, а КОГО-ТО забыли, будто не ОНА совершала неслыханные подвиги, – ох, короткая память даже у Добрых Художников! – то КТО-ТО не будет ничего есть, разве только сгрызёт десяточек орехов в меду да две-три шоколадные конфетки, чтобы уж совсем не помереть с голоду.

Ёж-ежище покраснел до самых корней иголок и, когда затихло «ура», сказал:

– Живу я в норе вместе со своей Ёж-ежовной – Чёрной носовной и Ёж-ежатами – Чёрными носятами. Ничего, кроме родного леса, не видел, так что и говорить мне не о чем. Но тут среди нас неустрашимый морской волк, то есть я хотел сказать – неустрашимая морская Мышь-Капитан. Она-то уж наверно совершила больше подвигов, чем у меня иголок. Пусть бы она рассказала нам что-нибудь...

Все закричали и заревели: «Просим! Просим!», а рыбы и тюлени захлопали плавниками и ластами по воде, но Большая Слоново-Пальмовая Мышь-Капитан только развела лапками:

– Конечно, когда избороздишь все моря и океаны на разных чудовищах, конфетных пальмах и кораблях

и когда доведётся столько раз командовать битвами с осьминогами, пиратами, кошками и всякими там Бешеными буквами, есть что вспомнить. Но детвора любит сказочки. А мы, морские капитаны, сочинять не мастера. И у нас, морских капитанов, так уж повелось, что то, что было, – не обессудьте, – было, а то, чего не было, того, извините, не было...

С этими словами Мышь села, но все так оглушительно закричали: «Пусть говорит! Слово Большой Слоново-Пальмовой Мыши-Капитану!», что она в конце концов рассказала о некоторых событиях своей жизни.

О том, как она воспитывала Слона и никогда не шлёпала его, не ставила в угол, хотя было за что.

И как она дрессировала Ястреба, чтобы он перестал разбойничать, а честно зарабатывал себе на хлеб, перевозя через моря некоторых капитанов, если уж они позарез понадобились на каком-нибудь далёком острове.

И как она стояла на капитанском мостике и командовала Чудовищем, так что голос её заглушал рёв бури: «Право руля! Лево тру-ля-ля!»

И как сам Старый Вулкан, совсем было собравшийся извергнуться и залить лавой все моря и острова, залюбовался ею да и передумал извергаться. И всё повторял, что, конечно, на худой конец, можно дожить век Вулканом, но насколько чудеснее было бы хоть немного походить на такую вот Большую Слоново-Пальмовую Мышь-Капитана.

– Ничего, – сказала я ему, чтобы старичок не огорчался. – Когда-нибудь в свободное время я научу тебя капитанскому делу, и ты ещё успеешь кое-что повидать...

Так она рассказывала и рассказывала.

А Художник кивал головой и улыбался – ему очень нравилась эта маленькая Большая Слоново-Пальмовая Мышь.

А Морская Корова, которая сидела за столом рядом с Мышью, хотела сказать своему любимому морскому телёночку, что эта Мышь и действительно очень храбрая, если всё говорит не умолкая, когда на столе столько вкусного, и не боится, что всё съедят без неё. «Вот с кого надо брать пример», – хотела она сказать своему телёночку, но не сказала, потому что рот у неё был набит конфетами.

А потом все попросили Рыбу-Бутылку спеть её песенку.

Она сказала, что у неё болит горлышко и вообще она не в голосе, но потом очень хорошо спела:

– Я Волшебная Бутылка,
Да-да-да!
И не страшны мне ни горе,
Ни беда!

Ей очень хлопали, и громче всех хлопало Чудовище.

От букв выступила молчаливая буква «Ч» и сказала:

– Главное – быть настоящим чччеловеком. И не быть чччёрствым. И не быть ччужим для других людей. Ччеловек к ччеловеку должен относиться по-ччччеловечески.

– И к Человечкам тоже, – прибавила Ёженька.

– И к зверям, – сказал Белый Медведь.

– И к рыбам, китам и дельфинам! – сказал Дельфин.

– И д-деревьям, ц-цветам и т-травам он тоже не должен быть ч-чужим, – заикаясь от волнения, прошелестела Конфетная Пальма.

А потом Ёженька сказала:

– Чудовище Пятирога все называют «Чудовище». А ведь оно совсем не чудовищное. Давайте будем называть его «Чуп» – это хорошее имя.

– А может быть, дадим ему имя «Мичуп» – «Милый Чуп»? – сказал Добрый Художник.

Всем это понравилось. Все закричали: «Ура-урра-уррра Мичупу!», а Мышь про себя пропищала, что лично она не признаёт такого рода хвалебных прозвищ.

– Не позволю же я себя называть Мимышь – Милая Мышь, или Храмышь – Храбрая Мышь, или Мумышь – Мудрая Мышь. Скромность, скромность и ещё раз скромность – вот чего, к сожалению, не понимают даже некоторые Добрые Художники.

Потом крикнули громовое «УРРРРРА!» в честь Конфетной Пальмы. Тогда от радости на ней выросли конфеты, которых раньше не было никогда и нигде на свете.

Эти конфеты называются вот так:

«Етевсанатефнокяансуквяамас!»

Даже название этой конфеты не выговоришь, а как описать вкус её, когда она и шоколадная, и мармеладная, и сливочная, и леденцовая, и ореховая, и зефирная, и ананасовая, и мороженная, и пирожная, и всякая другая?!

Если уж очень захочется самому попробовать эту конфету, надо выучить её название – «ЕТЕВСАНАТЕФНОКЯАНСУКВЯАМАС», и надо прочесть это название наоборот – от последней буквы до первой, – интересно, что получится – надо узнать, где сейчас находится Конфетная Пальма: ведь говорят, что после своего плавания через океан она очень пристрастилась к путешествиям.

А когда ты отыщешь наконец Конфетную Пальму, надо ведь ещё обрадовать её.

Иной скажет, что это-то совсем легко – иногда радует даже просто улыбка, даже просто одно вовремя сказанное слово. А другой ответит, что такая улыбка и такое слово – самые редкие и драгоценные дары на свете.

Несколько минут за столом было совсем тихо – все ели конфеты «ЕТЕВСАНАТЕФНОКЯАНСУКВЯАМАС».

А потом... потом, к сожалению, мама-тюлениха оказалась права: у самого младшего тюленёнка-ребёнка заболел живот. Доктор Дятел не смог ему помочь – у него не было тюленьих лекарств. И тюлени заторопились домой.

И морские зайцы, моржи, морские коровы, белые медведи, пингвины королевские и пингвины простые, киты и дельфины, меч-рыбы и селёдки, морские звёзды и медузы – словом, все-все тоже заторопились домой, потому что в звериных и рыбьих школах кончались каникулы и надо было поспеть к началу занятий: дорога не близкая!

Все-все распрощались друг с другом, расцеловались – и поплыли по домам: кто на север, кто на юг, кто на восток, кто на запад.

Они плыли и пели Ёженькину песню:

– Плывём сквозь волны в те края,
Края родные,
Чтобы сберечь весь белый свет
От тех, кто злые!

А Добрый Художник и его дети стояли на берегу и махали рукой; Мичуп махал лапой, Конфетная Пальма – листьями, Коршун – крыльями, Ёж-ежище – всеми своими иголками.

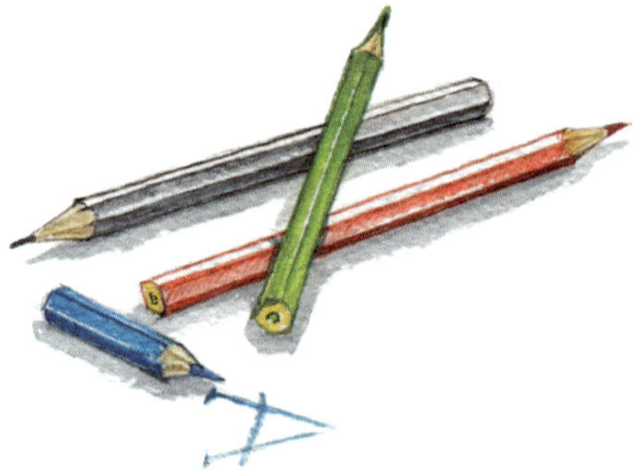

Содержание